Heimatsinfonie

Eine Auswahl der
schönsten Heimatromane

WINFRIED BLACH VERLAG

Harald M. Wippenbeck

Marias heimliche Liebe

Der Engel vom Heiligenhof

Dieses Buch wurde auf chlorfrei gebleichtem
Papier gedruckt – der Umwelt zuliebe

Titelbild: Michael Wolf, München
Vertrieb: Weltbild Verlag GmbH, Augsburg
Im Verkaufspreis ist die gesetzliche Mehrwertsteuer enthalten
Printed in Germany

ISBN 3-86047-995-4

Marias heimliche Liebe

„Frauenkäferl – Frauenkäferl, fliag in Himmel 'nauf ..."

Klar und rein schallte die Kinderstimme durch das schöne, sonnenwarme Land, schwebte eine Weile über die blühenden Wiesen hinweg, bis der Gesang schließlich droben in den schwarzgrünen Waldhügeln verwehte.

Dort drunten am rauschenden Bach spielte sie, die süße, sorglose Jugend. Barfuß, lachend und singend, nichts wissend und nichts ahnend von den Dingen des Lebens, dem Gewölk über den Häuptern und den bitteren Tränen, die glückselige Stunden bisweilen vergällten.

„Frauenkäferl – Frauenkäferl, fliag nach Mariabrunn", sang die zehnjährige Dorner-Maria, derweil sie das zierliche Marienkäferl über ihre Hand krabbeln ließ und daran denken mußte, daß ein solches Frauenkäferl Glück ins Leben der Menschen brachte.

Noch wußte die dunkelhaarige Maria mit den strammen Zöpfen nichts davon, daß das Liedl vom Frauenkäferl ihr einmal zum Schicksal werden sollte, hineingebettet in Liebe und Leid, in die Fülle und den Reichtum aller Dinge der Erde und des Seins.

„Geh, hör auf mit dem Liedl!“ rief nun die flachsblonde Bachl-Anna. „Laß uns etwas anderes spielen.“

„Was denn?“ fragte der kräftige Wirtsbub Michael Brückner. Der Sommerwind zauste in den Locken, und der Zwölfjährige versuchte alleweil wieder vergeblich, sie mit seinen gespreizten Fingern zu richten.

„Hochzeit!“ rief der Schmiedsgustl, ein etwas breiter, gedrungener Bub mit strohigem, blondem Haar, einer Unmenge von Sommersprossen über der breiten Nase und einem Augenpaar, so blau und schön, wie die Kornblumen an den Rainen der braungoldenen Kornfelder.

„Maria ist die Braut!“ rief der Sohn des Brükkenwirts. „Und sie wird meine Frau!“

Oh, wie schoß da die Röte unter Marias Haarwurzeln hervor! Das Frauenkäferl pumpte ein paar Mal mit den Flügeln und zirrte dann durch die blaue Sommerluft davon, hinaus ins Land.

„Ich – ich mag nit Braut sein“, wies Maria zurück. „Soll doch Anna Hochzeiterin machen, oder Rosi ...“

„Bist wohl nit g'scheit, ha?“ fragte die zierliche Brückner-Rosi. Ihr rötliches Haar war so drahtig, daß es sich nicht zu Zöpfen flechten ließ. Und so blieb es halt einfach mit einem feuerroten Bandl zusammengehalten im Nacken baumeln. „Ich kann doch nit meinen Bruder heiraten. Da täten sich die Leut schön drüber aufregen. Ja, wenn ich Gustl heiraten dürft, hernach würd ich schon seine Hochzeiterin sein wollen …"

„Das geht nit!" widersetzte sich Anna Bachl heftig. „Ein so reiches Madl kann Gustl nit heiraten. Was täten denn da die Leut sagen, ha? Mich könnt er schon nehmen, indem wir Bachlwirt'n nit gar so reich sind wie die Brückenwirt'n. Da wollt ich schon lieber Brückenwirtin werden!"

„Dich aber mag ich nit!" sagte Michael trotzig. „Du bist schiach, und deine Mutter wär' eine Zange, sagen die Leut."

„Und die Dorners stinken nach Seife und Fisch!" konterte die Wirtstochter heftig. Bachlwirt und Brückenwirt waren von der dahinrauschenden Wildegg getrennt und mit einer Brücke verbunden. Konkurrenten waren sie halt, und dieses Denken blieb bei den Kindern nicht ganz aus.

Die Schmied-Leut waren Taglöhner und hatten ein schier winziges Gütl. Lena Dorner, seit fünf Jahren Witwe, führte einen Kramladen in St. Gabriel. Zu den Reichsten gehörte sie nicht. Unbestritten war der Brückenwirt die bestgestellteste Familie im stillen Dörfl an der Wildegg, das in jenen Tagen vom Fremdenverkehr noch nicht viel wußte und vor sich hinträumte.

„Wir stinken nit!“ empörte sich nun die Tochter der Krämerin auf den Vorwurf der Bach-Anna hin. „Und jetzt spiel ich grad die Braut, damit du es weißt. Jetzt werd ich erst recht Brükkenwirtin!“

Anna Bachl wurde blaß und nagte an ihrer Unterlippe, wobei sie zu überlegen schien. Dann hob sie den Kopf und blickte Maria in einer sonderbaren gehässigen Weise an, die nicht mehr so ganz in das kindliche Gemüt passen wollte.

„Naja“, meinte sie, „von mir aus machst du halt die Hochzeiterin. Aber es ist bloß Spiel. Im wirklichen Leben kommt es anders!“

Dieser Satz wehte an Maria vorbei. Sie sah in Michaels dunkle Augen und entdeckte darin einen frohen Glanz.

„Man muß dir eine Brautkrone machen“, sagte er. „Eine aus vielen bunten Blumen und viel schöner noch als auf dem Erntedank.“

Vergessen waren die Streitigkeiten, denn sie suchten die schönsten der wilden Wiesenblumen, die sich finden ließen. Anna und Rosi flochten daraus einen wunderschönen Kranz, den sie Maria vorsichtig aufs dunkle Haar setzten.

Da stand sie, die Dorner-Maria, in ihrem lichtblauen Kleidl, unter dem die braungebrannten Knie hervorlugten. Gar prächtig nahm sich die „Brautkrone“ auf dem metallisch glänzenden Haar aus. Ein braunes Augenpaar blickte unter langseidigen Wimpern hinaus ins Land, ein seliges Lächeln auf den Lippen tragend. Ein Lächeln vom Traum in der Ferne und von den Dingen, die niemals sein konnten.

Michael steckten sie ein Sträußl in die Hemdentasche, und der sommersprossige Gustl mußte den Pfarrer spielen, wogegen Anna und Rosi bald Schwiegermutter, Trauzeuge oder Brautjungfer waren.

Der Altar war das Wegkreuz an der Abzweigung nach Magdalenabrunn, weil sie einhellig der Meinung waren, es müsse schon ein etwas heiliger Ort sein für diese Hochzeit.

„Ich hab keinen Ring für dich", sagte Michael, als der Gustl-Pfarrer die Kinderhände ineinander legte. „Aber später kauf ich dir einmal den schönsten Ring von der ganzen Welt, Maria ..."

„Mir wirst du ihn kaufen, diesen schönsten Ring!" herrschte Anna Bachl. „Ich werd Brückenwirtin im richtigen Leben, und sie vielleicht Schmiedin oder noch weniger als das."

„Ich heirat Maria auch im wirklichen Leben", sagte Michael mit einer fast unheimlichen Bestimmtheit. „Ich mach's, und wenn du in die Wildegg hupfst. Dich mag ich nit!"

Man sah, daß seine Worte sie tief getroffen hatten. Das Gesicht Annas verzog sich zu einer Grimasse. Und dann plötzlich trat sie nach vorn.

Ein Ruck, ein Griff, und sie hatte Maria den Blütenkranz vom Haar gerissen und zornig vor das Wegkreuz hingeschmissen. Mit ihren Schuhen trampelte sie darauf herum, bis von der Pracht nix mehr übriggeblieben war.

„Nie wirst du Brückenwirtin, nie – nie ...", keuchte sie dabei, und ihre grünen Augen funkelten wie die einer bösen Katze, die den Feind vor den Jungen abwehrt. „Das stinkerte Kramersmadl, das!"

Und damit wandte sie sich um und rannte an der Wildegg entlang dem Dörfl zu.

„Eine solche Spielverderberin", meinte Rosi Brückner enttäuscht. „Jetzt können wir gar nimmer weiterspielen, weil die Brautkrone kaputt ist. Was spielen wir jetzt?"

„Ich mag nimmer", murmelte Maria traurig. „Jetzt mag ich einfach nimmer. Ich will heim!"

„Geh, Maria", versuchte Michael zu trösten. Er legte seinen Arm um Marias Schultern. Sie aber schob diesen Arm beiseite und sah den Buben traurig an. „Mach dir doch nix daraus", fuhr er fort. „Die Bachl-Anna ist ein dummes Ding. Das nächste Mal lassen wir sie einfach nimmer mittun, und dann wird sie schon deppert schauen."

Und plötzlich sah Michael etwas auf Marias schimmerndem Haar. Er bat das Dirndl, einen Augenblick stillzuhalten. Dann öffnete er vor ihren Augen seine Bubenhand. Rot mit zierlichen Punkten, sieben waren's an der Zahl, lag das Frauenkäferl in seiner etwas schmutzigen Hand.

„Das schenk ich dir – fürs Glück im Leben",

sagte Michael Brückner mit einem heiligen Ernst. „Es soll dein Frauenkäferl sein für alle Zeit!"

Ihr Frauenkäferl! Ihr Glück aus seiner Hand!

Doch greifen konnte sie es nicht. Es hob die Flügel und flog durch die blaue Luft hinauf in den Himmel, hinein in die Zeit, das Schicksal zu suchen, das ihnen bestimmt war an der Wildegg Ufer ...

★

„Grüß Gott", sagte die Dorner-Lena recht freundlich. Die rundliche Frau mit dem aschblonden Nest am Hinterkopf trug eine blütenweiße Schürze. Ihr rundes, rotwangiges Gesicht lächelte zwischen den Bonbongläsern hervor. „Was darf's denn sein, Brücken-Wirt? Einen guten Käse hätt ich da, einen französischen. Er ist heut erst mit der neuen Lieferung gekommen. Oder vielleicht ein Stückl echten Pustertaler Speck? Den hab ich ..."

„Behalt dein Geraffel. Dornerin", unterbrach Georg Brückner. Er hatte die Hemdsärmel hochgekrempelt und trug die braune Lederschürze über dem Bauch, an dem noch ein bissel Bierschaum hing. Ja, er sah so aus, als wäre er vom Zapfhahn weg, über die Brücke und den Dorfplatz gegangen und habe direkt das kleine Geschäft in dem malerischen Krämershäusl betreten.

„Ist etwas nit recht?“ fragte Lena Dorner. Ein wenig hatte sie sich schon über diesen Besuch gewundert, denn die Brückenwirten kamen eigentlich nur, wenn einmal etwas vergessen worden war. Für gewöhnlich wurden sie von einem Händler aus der Stadt beliefert, der ihnen die Waren preisgünstiger lassen konnte als die kleine Händlerin, die des geringen Umsatzes wegen schon teuer genug einkaufen mußte.

„Wo steckt sie, die Deinige?“

„Du meinst Maria?“ fragte Lena Dorner erschrocken.

„Die heilige Jungfrau nit“, sagte er roh und knurrend. Sein feistes Gesicht war in diesen Augenblicken zornrot geworden.

„Um Gottes willen, hat sie etwas angestellt, meine Maria?“

„Ich treib ihr die Sauerei heraus aus ihrem Kopf, damit du es schon weißt, Dornerin“, schnaufte er nun hervor. Seine dunklen Augen rollten wild und zornig.

„Ja, willst du mir vielleicht erst einmal erklären, worum es überhaupt geht?“ verlangte die kleine Frau resolut. Sie hatte es gelernt, sich zu behaupten und durchzusetzen. Bei aller Höflichkeit und Freundlichkeit konnte sie doch recht couragiert sein, denn sie war sich ihrer ordentlichen Lebensführung durchaus bewußt. Unrechtmäßigkeiten duldete sie nicht. Nicht bei sich, und auch nicht bei anderen.

„Geheiratet haben sie!" fauchte der Wirt die Krämerin böse an.

„Wer hat wen geheiratet?" erkundigte sie sich nun mit gefurchter Stirn. Das Rot auf ihren Wangen war ein bissel weniger geworden.

„Die Deinige und der Meinige", grollte er gallig. „Hochzeit haben sie gemacht droben am Wegkreuz bei der Abzweigung nach Magdalenabrunn, verstehst?"

Da brach die Dornerin in helles Gelächter aus. Die Tränen kugelten grad so über ihre Wangen herab, und sie wollte sich schier nicht mehr beruhigen.

„Du, das find ich nicht zum Lachen!" brüllte der Brückenwirt außer sich vor Zorn. „Der Meinige und die Deinige, wo soll denn das hinführen?"

„Ja, bist du denn noch gescheit?" fragte Lena Dorner noch. „Sie sind Kinder und haben gespielt! Wie mag ein erwachsenes Mannsbild ein Kinderspiel für den Ernst nehmen und sich gar so darüber aufregen?"

„Da reg ich mich auf!" plärrte er. „Gar zu schnell ist aus einem Spiel Ernst geworden. Du wirst der Deinigen den Umgang mit dem Meinigen verbieten, hörst?"

„Jetzt will ich dir einmal etwas sagen, du großmächtiger Brückenwirt!" erklärte Lena mit fester Stimme. „Es sind Kinder, und sie sind glücklich in ihrer Zeit. Nit ein Schnipperl werd ich ihnen wegnehmen von diesen paar Sonnentagen. Bald genug kommt der Ernst des Lebens mit seinem Alltag und den Sorgen. Und dann braucht der Mensch die Erinnerung an seine Kinderzeit, weil's oft das einzige ist, was einen ein wengl aufrichtet und die Kraft gibt, die das wirkliche Leben uns dann abverlangt. Und du, du mußt eine ganz arme Kinderzeit gehabt haben, daß es so gar nix Schönes für dich darin gibt. Nix werd ich verbieten, gar nix. Und wenn du nix kaufen willst, nachher gehst wieder. Ich kann die Plärrerei nit haben in meinem Geschäft!"

„Geschäft!" höhnte er und ließ die Blicke kreisen. „Du hast scheinbar noch kein richtiges Geschäft gesehen und geführt. Das, was du da machst, das ist – ja, Schneckentreiben ist's – hinauf nach Magdalenabrunn!"

„Sie kommen auch an, die Schnecken. Sie kommen an, in Magdalenabrunn. Nix bleibt stehen in der Welt. Der eine ist groß, der andere klein. Und alle sind wir drinnen in der Welt für unsere Zeit."

„Dir vergeht das Reden noch", keuchte er wütend. „Nix hinten und nix vorn, und eine große Gosch'n. Ratten und Läus, und die sind krank und ..."

„Falls du mit deinen Beleidigungen fertig bist, kannst gehen", unterbrach ihn Lena mit resoluter Stimme. „Dazu mußt du nit in meinen Laden kommen. Und merk dir noch eines: Die Ruh trägst du mir mit deinem Geplärr nit zum Haus hinaus. Dort ist die Tür!"

„Du schmeißt mich hinaus?" fragte er fassungslos keuchend. „Mich, den Brückenwirt?"

„Alle unvernünftigen Leut würde ich hinausweisen", sagte sie kühl. „Da macht der Brückenwirt keine Ausnahme."

„Du – du!" röchelte er, weil er sich in seiner Autorität zurückgesetzt fühlte. „Das wird dich reuen, ich schwör es dir. Noch magst du den Kopf oben haben in deinem Armeleutestolz. Aber auch der wird dir vergehen, so wahr ich der Brückner-Schorsch bin!"

Wütend bimmelte die Ladenglocke, nachdem er gegangen war. Da schob sich an den Heringsfässern der Zwischentür ein schmales, blasses Gesichtl heran. Flehende Braunaugen blickten daraus.

„Mutter, es war ja nit Ernst!"

„Nein, gewiß nit, Madl!"

Eine rauhe Arbeitshand streichelte den dunklen Scheitel. Zärtliches Lächeln umspielte die Lippen der Mutter.

„Nein", sagte Lena Dorner mit verhaltener Stimme. „Noch war es kein Ernst, Maria. Und was einem das Leben bringt, das weiß man halt nit genau."

Durch die Fensterscheibe sah Lena den dickleibigen, untersetzten Wirt über die Brücke gehen.

Unterwegs blieb er einige Male stehen und streckte drohend seine Faust zum Krämerhäusl hinüber.

Und drüben unter der Wirtshaustür stand die Bachl-Anna. Um ihre Lippen lag ein gehässiger Zug, der vom frühen Erwachsensein zu künden schien.

„Darf Maria jetzt nimmer mittun?“ wollte Anna Bachl wissen und betrachtete den zornigen Mann mit gemessener Vorsicht.

„Schau zu, daß du heimkommst“, sagte der Wirt und wies mit der Hand ans andere Ufer der Wildegg. Nicht weit vom Krämerhäusl weg reckte sich das langgezogene Bachl-Wirsthaus an den Ufern. Manchmal war es Konkurrenz, und ein andermal wieder gute Nachbarschaft. Es war abhängig vom Geschäft und von den Launen der Besitzer. Doch in aller Heimlichkeit rechnete der Brückenwirt immer damit, den Bachl-Wirt unter seinen Hut zu stecken.

Georg stürmte in die Küche. Dort rührte Albertine in einem der großmächtigen Töpfe, aus dem heißer Dampf aufstieg und sich an der vergilbten Decke ausbreitete. Die Kuchlmagd schnitt die Lunge in feine Streifen.

„Sind die Stockwürscht schon im Topf?“ plärrte der Wirt.

„He, plärr nit so umeinander“, mäßigte ihn die Brückenwirtin. „Wenn du umeinanderplärren willst, hernach schreist draußen mit dem

Schmied-Jakob. Der Saufkopf hat schon 's zweite Glasl zerdeppert."

„Wo sind die Fratzen?" wollte der Wirt wissen und meinte damit seine Kinder Michael und Rosi.

„Am Rainanger werden s' wohl umeinanderhupfen", meinte die Wirtin und ließ die geschnittene Lunge in den Topf gleiten, wobei sie einen Blick auf die alte Uhr über dem mächtigen Spülstein warf. „Zu nix kommt man. Um siebene ist der Magdalenabrunner Schützenverein da, und ..."

„Dann hol die Fratzen!" schimpfte er. „Wenn du sie an einem solchen Tag umeinanderhupfen läßt, brauchst du dich nit beklagen, daß es dir zuviel wird. Was ist jetzt mit den Stockwürscht ...?"

„Rutsch mir doch den Buckel runter mit deinen hundsheiligen Stockwürscht!" fauchte Albertine ihren Mann an. „Ich kann mich nit zerfetzen, das siehst du doch. Der Leberkäs muß auch ins Rohr rein. Hopp, Sofie, dreh das Kälberne um, und wie oft hab ich gesagt, daß ein Stückl Schweinernes dazukommt wegen der Soß. Aber einem solchen Kuchlmensch kannst sagen, was du willst. Und schau auf den Rainanger, Sofie. Michael und Rosi sollen sofort heim, sonst kracht's einmal. Aber anständig!"

Mit dem Handrücken fuhr sich die lange, knochige Frau über die Stirn. Sie hatte eine Falte zwischen den Brauen, die wie eine alte Narbe aussah und diesem raubvogelartigen Antlitz etwas Böses gab. Helle Augen blitzten lebendig unter buschigen Brauen. Blicke, denen keine Unregelmäßigkeit entging. Schmal und scharfgeschnitten war der Mund und besaß trotz junger Jahre bereits jene Furchen, die der Volksmund als Geizfalten zu bezeichnen wußte.

Jedoch fleißig war sie, die Brückenwirtin. In diesem Punkt konnte ihr niemand etwas nachreden. Verlangte sie ihrem Gesinde viel ab, so forderte sie von sich selbst noch mehr. Früh war sie die erste auf den Beinen, und nachts ging bei ihr das letzte Licht aus. Aber sie schaffte ja nicht umsonst, und das Klingeln der Kasse war ihr die allerliebste Musik im Ohr.

„Geh, Würlerin!“ schimpfte sie nun mit einem alten Weibl, das am Herd stand. „Zieh doch das Rostbratl vom Feuer. Das kocht sich ja z' tot. Putz den Salat z'amm, und nit daß es knirscht von lauter zuviel Sand. Da will ich koa Klag hören.“

„Hochzeit haben s' gemacht …“

„Geh, red nit“, schnauzte die Brückenwirtin und öffnete die mächtige Bratröhre. „Hilf mir die Pfanne lieber hineinschieben. Um siebene ist die Schankstube voll mitsamt dem Nebenzimmer.“

„Hör mir doch einmal zu!“ schrie Georg Brückner mit hochrotem Kopf. „Zwischen Michael und dem Kramersmadl spinnt sich etwas z'ammen!“

In der gebückten Haltung verharrend, sah Albertine hoch. Sie richtete ihr zipflig gebundenes, weißes Kopftuch.

„Du Depp", sagte sie. „Erzähl das bloß keinem. Sonst schaffen sie dich ins Haller Narrenhaus. Und jetzt geh weiter, damit der Leberkas endlich ins Rohr kommt, sonst dreh ich heut weiß Gott noch durch da herinnen in dem hundsverfluchten Wirtshaus!"

Georg schwieg. Schämte er sich nun doch ein wenig, weil er diesem kindlichen Spiel ganz offensichtlich eine Bedeutung beimaß, die ihm nicht zukam?

Die Küchenmagd Sofie kehrte mit Rosi und Michael zurück. Georg betrachtete seine Kinder. Vom Spiel waren die Wangen gerötet, und noch lag der Traumglanz des Spiels in den Augen. Aber damit war es nun vorbei, denn sowohl Rosi als auch Michael hatten gewisse Pflichten zu erfüllen. Weder Vater noch Mutter kannten in dieser Hinsicht ein Pardon.

„Du holst den Wein vom Keller", wurde Michael befohlen. „Und du, Rosi, deckst die Tische im Nebenzimmer. Das Besteck so auflegen, wie man es dir gezeigt hat. Und macht ein bissel, alle zwei!"

Ja, immer wenn man's Frauenkäferl einmal in den Händen halten wollte, dann flog's hinaus ins Land, hinein in die Zeit, dem Schicksal entgegen …

★

Rund war's Jahr wie der Erdenball selbst. Wenn die braunen Halme reif sich senkten, die reife Goldsaat zur Mühle ging, polterte auch gleich das erste Obst in den Apfelkammern. Rotwangige, duftende Äpfel, noch hart, auf Reife wartend.

Mit ihrem Duft kleideten sich die Bäume zum Abschied. Wie pures Gold flammten die Lärchen unterm tiefblauen Himmel, und aus dem Schwarzgrün der Walder glühte purpurn der Ahorn. Über Nacht verwandelten sich die Bergspitzen in weiße Zuckerhüte, und dann zauberte der klirrende Bergfrost bizarre Eisblumen auf die Scheiben, und der Winter legte seine diamanten glitzernde Decke über Wald und Flur.

Stiller waren diese Tage, in denen Mensch nicht so leicht zu Mensch kam, weil mannshohe Schneewehen das Zueinander sperrten. Doch gab es auch die Trennung nicht. Beieinander saßen sie, in warmen Stuben, unterm trauten Lampenschein. Die vorjährigen Buchenscheite krachten in den alten Öfen, derweil die Bratäpfel zischend aufsprangen, ihren heißen, süßen Saft überm Ofenblech in einen unvergleichlichen Duft verwandelnd. Heiliger Glockenklang läutete hinaus ins Neue, ins Aufstrebende.

Krachend polterten die Schollen schweren, scharfgezackten Eises auf der Wildegg, und zaghaft reckten die Kätzchen im Pfarrgarten ihren

Silberflaum in die junge Luft. Begrüßt vom Vogelzwitschern kam die Haselmaus aus ihrem Winterbett, darüber sich die Leberblümchen zart entfalteten.

Singen und Brausen kam über die Berge. Wilde Stürme rissen an Schindeln und Läden, warfen prasselnde Graupel zornig an die Fensterscheiben. Wehende Nebeltücher umhüllten den Berg, schließlich aufgesogen von einer Sonne, die mit jedem Tag goldener und stechender wurde.

Aus dem Blütenduft heraus dörrte das Heu, und emsig pfeilten die; Schwalben unter schwarzem Gebälk, den Sommer durcheilend, während an den Rainen Mohn und Kornblumen ihre Farbenpracht entfalteten und sich reif die braunen Ähren der Erde zuneigten, aus der sie doch vor schier traumkurzer Zeit als junges Grün entsprossen waren.

Hoch wirbelte die Flamme auf den Feldern, trug den Duft des Erdäpfelkrauts weit hin übers Land. Und hier und dort zitterte noch ein Frauenkäferl durch die linde Altweibersommerluft, hinauffliegend in den Himmel, hinein in die Zeit, so wie in diesem, in jenem und in all den Jahren, die von der Wildegg hinuntergetragen wurden zum großen Fluß.

Ein paar hatte man auf den Kirchhof getragen, und viele Male waren andere über das ehrwürdige, steinerne Taufbecken gehalten worden. Hände waren segnend ineinander gelegt worden;

Bänder vom Tod zerrissen. Gegeben und genommen im Kreis des Erdenrunds, wie überall und auch in St. Gabriel an der Wildegg.

Bei Lena Dorner bimmelte die Ladenglocke seltener, seit man in Magdalenabrunn den neuen Laden eröffnet hatte, in dem man sich die Ware selber aussuchen und billiger kaufen konnte. Und die meisten besaßen ein Auto, mit dem sie hinüberfuhren und bepackt wiederkehrten aus dem Supermarkt.

Ach ja, ein bissel Wehmut schlich sich doch in Lenas Herz, wenn sie das mit ansah. Noch immer trug sie die blütenweiße Schürze, und es gab auch noch die bunten Bonbongläser, nach denen sich halt immer seltener eine schmutzige Kinderhand verlangend reckte. Die Heringsfässer waren verschwunden wie auch die Schubläden mit Mehl, Gries und Graupen. Abgepackt lag die Ware in den Regalen. Ein kleines Sortimentl halt nur. Für jene, die etwas vergessen hatten aus dem billigen, modernen Supermarkt zu Magdalenabrunn.

Und am Abend saß Lena im Hinterstübl zwischen all dem Damals aus Kisserln, Decken und Bildern. Ein bissel grau war das Haar auf dem Kopf, der sich immer sorgenschwerer übers Abrechnungsbüchl neigte, denn viel gab es nimmer einzutragen in dieses schwarze Buch. Immer weniger nahmen die leeren Seiten ab und die vollen zu.

Und dann war eine zarte Hand, die übers graue Haar streichelte.

„Kein guter Tag, Mutterl?"

„Nit klagen darf man, Madl", sagte Lena müde und klappte das Buch mit seinen mageren Einträgen zu. „So ist halt die Zeit ..."

Maria war siebzehn. Ein schönes Menschenkind mit bräunlichem Antlitz, leicht hohen Wangenknochen und kindlich staunenden und doch so gütig-reifen Augen unter schwarzen Wimpernkränzen. Schwer lag der ins Blaue schimmernde, schwarze Haarknoten im Nacken, das Edle des leicht gebräunten, schlanken Halses betonend. Von biegsamer Gestalt war sie, diese Dorner-Maria, und von stillem Wesen. Kaum ein lautes Wort verließ diese blühenden Lippen, denen stets ein leises Lächeln innewohnte. Wie ein Bergkristall war sie, diese Maria. Wie einer, in dem man ein Licht angebrannt hatte. So klar und rein strahlte die wärmende Flamme, von drinnen kommend und alles Äußere überglänzend.

„So werd ich mich bald um einen Dienstplatz schauen müssen, Mutter", sagte Maria und nahm nachdenklich die Hand vom Scheitel der Mutter.

„Aber Maria ..."

„Nein, nein, sag jetzt nix. Ich bitt dich drum", wies das Madchen ab und schob die Hände zwischen die Knie. „Das Geschäft trägt uns beide nimmer, Mutter. Du wirst heuer vierzig. Wer weiß, wie lang sich unser Laderl überhaupt noch halten läßt. Man mag ja die Frischwar gar nimmer hertun. Alt wird's, und hernach will es keines mehr geschenkt ..."

„Ich hätt halt doch modernisieren sollen!" unterbrach die Klage der Dornerin nun doch die Rede. „Damals, als der Vertreter mit der Kühltruhe da gewesen ist, hätt ich sie kaufen sollen. Und auch die neue Waage und das schöne Regal aus dem Katalog!"

„Nein, Mutter", widersprach die Maria. „Es war gut, daß du das alles nicht gekauft hast. Ganz nutzlos wäre es gewesen. Das, was du um zehn Schilling hergeben mußt, schmeißen sie den Leuten in Magdalenabrunn um fünfe nach, und sie haben alleweil noch dran verdient. Ich weiß zwar nit genau, wie das geht. Aber offensichtlich geht es. Schon damals hätt ich eine Lehre anfangen sollen ..."

„Hast ja recht, daß du mir jetzt die Vorwürf machst!"

„Aber Mutterl", meinte Maria weich und herzlich. „Ich red doch nit von einem Vorwurf. Damals haben wir ja auch noch zu zweit zu tun gehabt, und es macht mir heut noch Freude, den Leuten etwas zu verkaufen. Aber es kommen nur noch die Alten. Die Zeit bringt's, wann auch die ausbleiben werden, und dann ..."

Weiter wußte Maria nicht mehr. Ja, was war

dann? Der kleine Laden war die Basis gewesen, die Existenz. Schon die Großeltern hatten ihn geführt und damals als sogenannte Kaufleute einen sehr guten Namen in St. Gabriel gehabt. Daraus waren die Krämers geworden, und heute waren sie halt die Garniemands, die so ein wengl vor sich hinkruspelten, so daß manch einer nur noch aus Mitleid bei ihnen kaufte.

Ach, und wie viele bittere Tränen hatte Lena dieses heimliche Leid schon aus den Augen gespült, wenn es keiner sehen konnte. Wie hatten die Gedanken nächtens sich ins Deckengebälk gebohrt, auf der Suche nach dem ungewissen Morgen! Oft bis in das Morgengrauen hinein hatte die alte Bettstatt aus poliertem Kirschbaumholz geknarrt.

Und Maria hatte es gehört und in ihrem Kammerl mit großen, nassen Augen hinaus ins Mondweiß und Sternengeflimmer geblickt und manchmal nimmermehr gewußt, worum sie die heilige Jungfrau eigentlich hätte anbitteln sollen.

Anders mußte es halt werden. Doch wie? Kein Licht kam aus dem Dunkel, keinen Strohhalm gab es im reißenden Strom. Das war nur das Warten auf das Ende, denn wenn einmal der Gewinn nicht mehr langte, den eigenen Tisch zu decken, dann konnte die Ladenglocke nimmer lang bimmeln …

„Der Brückenwirt sucht eine Kellnerin", sagte Maria in die Stille hinein, die nur von den platschenden Regentropfen auf dem Fensterbrett gestört war.

„Zum Brückenwirt? Als Kellnerin?“ Heißes Erschrecken überflog nun Lenas Gesicht. Da war doch die Erinnerung an jenen Tag vor Jahren. Hochzeit am Wegmarterl. Kinderhochzeit, zartes Spiel ...

„Der Brückenwirt hat viele Sommergäste“, erinnerte Maria. „Ich kann mit Leuten umgehen, und es würde mir Spaß machen, Mutter. Sie sagen, für eine ehrliche, ordentliche Kellnerin würde er gut bezahlen. Leicht ist's nit unter Albertine. Wahrscheinlich laufen wegen ihr die Kellnerinnen wieder weg. Aber ich würde es aushalten wollen. Ja, und dann auch noch die Trinkgelder, Mutterl. Bedenk doch!“

Ganz eifrig glühten die Wangen. Vom Sofa war sie gerutscht, die Maria, und kniete nun vor der Mutter, hielt Aufschau in ihr Kummergesicht, aus dem kein Ja und kein Nein so recht kommen wollte.

„Wenn man freundlich ist zu den Gästen, dann geben sie einem auch etwas. Oft ist es mehr als der Lohn, wie ich gehört hab. Und mehr als du mit dem Geschäftl ...“

Eine Träne hatte sich gelöst. Nur eine aus dem Mutterauge rollte übers reglose Gesicht zum Blusenrand.

„Verzeih ...“, flüsterte Maria. „Hab doch nix sagen wollen wegen unserem Geschäftl. Ist doch dein ein und alles. Ach, verzeih doch, Mutterl!"

„Schon gut, Madl. Hast ja soviel recht!"

Brüchig war die Stimme, und rauh die Hand, die Maria nun an ihre Wange zog. Oh, wie unvergleichlich duftete diese arbeitsame Krämershand. Nach Seife, nach Lavendel, Liebstöckl und ein wenig streng nach Pustertaler Schinken. Nach Jugend roch sie, nach Reife und nach Erinnerung.

„Ich muß doch schaffen!"

Nicht laut war es gesagt, aber doch geschrieen. Unabänderlich war es, damit keine Not wie's böse Tier in Häusl kriechen und an der Ehre fressen konnte.

„In Gottes Namen", sagte die Krämerin. „Wirst es schon recht tun auf deinem Weg. Aber ob er dich nehmen wird? Sie haben uns nie gemocht und nie einen Hehl draus gemacht ..."

„Arbeit hat wenig mit dem Mögen zu tun", unterbrach Maria etwas spröde. „Wenn jemand seinen Dienst ordentlich versieht, ist es kaum von Bedeutung, daß man denjenigen auch mag."

Von der einstigen Kinderfreundschaft war nichts mehr geblieben. Im Laufe der Jahre hatte sich der Standesunterschied wie von selbst dazwischen breitgemacht und einen jeden dorthin verwiesen, wo er eben hingehörte. Es war nicht schlagartig gekommen, sondern hatte sich über die Zeit geschlichen, so wie sich das Jahr durchs Leben schleicht, ohne daß man es richtig gewahr wird. Andere Kinder sangen das fromme Lied von Frauenkäferl und spielten Kinderhochzeit am Wegkreuz von Magdalenabrunn. Und manchmal nur, wenn Maria ein solches Marienkäferl im Sommerwind tänzeln sah, dachte sie an das ihre damals in Michaels Hand. Hinauf war's geflogen zum Himmel und hinein in die Zeit, wohl zur Nimmerwiederkehr.

★

Schön, stolz und aufrecht stand Maria Dorner vor den Wirtsleuten. Er, klein, kugelig mit feistem, rotem Gesicht, aus dem listige Sauäuglein Marias schlanke Gestalt abfunkelten. Sie, groß und hager wie ein Bildstock, mit mürrischen Falten um den Mund und einem müden Zug unter den Augen, kritisch, abwägend und geringschätzend.

„So", sagte der Brückenwirt. „Kellnerieren willst also bei uns?"

„Ja", sagte Maria schlicht. „Es steht ja alleweil bei euch ein Schild angeschrieben, daß ihr eine Kellnerin sucht!"

„Eine Kellnerin schon", meinte die Brückenwirtin und beleckte sich die Lippen. „Aber keine, die bloß mit den Gästen scharwenzelt. Eine, die auch putzt, Gläser wäscht und die Fremdenkammern in Ordnung hält. Halt eine, die die Arbeit sieht und nit vor ihr wegläuft!"

„Ich lauf vor keiner Arbeit davon", sagte Maria. „Arbeit schändet nicht. Egal welcher Art!"

„Öha!" machte Georg Brückner und ließ einen Pfiff los. „Scheinst es ja gar nötig zu haben? Geht es gewiß den Berg hinunter mit euerem Ladele, ha?"

„Es ist nimmer viel damit verdient; für zwei reicht es nicht", gab Maria offen zu. „Sonst würd ich wohl kaum um Arbeit fragen. Ich muß arbeiten, und wenn nit hier, dann eben anderswo."

„Respekt", sagte Brückner. „Lügst dir wenigstens nit in die eigenen Tasche. Das mag ich schon einmal. Es beweist mir deine Ehrlichkeit."

„Es gibt keinen Grund, unehrlich zu sein", sagte Maria mit erhobenem Kopf. Sie trug ihr gutes, schwarzes Kleid aus glänzender Seide. Es war ein wenig aus der Mode. Doch vielleicht war es gerade das, was sie so schön, so unnahbar und auch so herrschaftlich erscheinen ließ. Fest blickten ihre dunklen Augen in die des Wirts und verstanden es dann, nicht minder fest den abschätzenden Blicken der knochigen Albertine zu begegnen.

„Dreitausend und dein Essen", sagte er.

„Und die Trinkgelder?"

„Die sind dein", antwortete er. „Streng dich an, dann kriegst du auch etwas."

„Aber gebettelt wird nit!" sagte Albertine. „Und wenn du für dich was haben willst zum Essen oder Trinken, mußt du einen Bonzettel mit deinem Namen abgeben, sonst ist es gestohlen."

„Ich stehle nicht!" schleuderte Maria in das verkniffene Gesicht der Wirtin.

„Dann hab acht", sagte Albertine. „Gar leicht ist man in Versuchung geführt, und hernach tätest wieder drüben zwischen eueren Heringsfässern hocken. Morgen kannst du anfangen, von mir aus. Um halber siebene bist du da. Pünktlich, hörst?"

„Ja, pünktlich", erklärte Maria.

„Und noch etwas", wurde sie, bereits im Gehen begriffen, vom dicken Wirt zurückgehalten. „Privates Geschmusi duld ich nit in der Wirtschaft. Ich mein, das Umeinanderzuchteln mit den Mannsbildern, oder so!"

„Damit hab ich nix im Sinn", stieß Maria hervor. Heiße, brennende Röte schoß ihr über die Stirn. „Ich tu meine Arbeit, und dabei wird es gut sein!"

„Das ist eine vernünftige Anschauung", lobte Georg Brückner. „Wie ein Eisbrocken sollst aber auch nit sein, damit einem die Leute weglaufen. Und Empfindlichkeiten sind nix für eine gute Kellnerin. Daß du mir nit gleich plärrst, wenn dir einmal einer auf den Hintern patscht!"

„Schorsch!" kam es schneidend von der Wirtin.

„Ich mein ja nur", sagte er leicht verlegen.

„Deine Meinerei kenn ich", orakelte Albertine. „Bein mir jetzt das Kotelettstück aus, damit ich's Bratl ins Rohr krieg. Und hernach holst mir bei der Feichtlin eine Steige Kopfsalat. Wehe, wenn er wieder so verlaust ist, dann kann sie ihn den Hennen hinschmeißen oder selber fressen!"

Ja, so war sie, diese Albertine. Derb und wohl auch irgendwie praktisch. Eine, die nicht nur mit den Beinen, sondern halt auch mit dem Maulwerk mittendrin stand im raffsüchtigen Leben ewig dem klimpernden Schilling hinterher, wie der Teufel hinter der sündigen Seel.

Maria wandte sich ab. Sie hatte die Arbeit. Freilich war Albertine Brückner keine bequeme Dienstherrin, und viele Möglichkeiten, ihr aus dem Wege zu gehen, gab es wohl kaum. Aber man mußte ja nicht alles hören. Wofür gab es zwei Ohren? Doch dafür, daß bei einem etwas hinein und beim anderen wieder hinaus ging.

„Was treibt dich denn zu uns?"

Jäh war Marias Kopf in die Höhe gefahren beim Klang dieser Burschenstimme.

Michael Brückner war's, der mit langen Schritten vom Obstgarten herunterkam. Er hatte einen Eimer bei sich, in dem ein paar silbrig und bunt schillernde Forellen schwammen.

„Ich hab mich um Arbeit bei euch bemüht", antwortete sie, sich zum Gehen wendend. Sie hatte Michael Brückner selten gesehen. In den Laden kam er nie, und Maria ihrerseits gehörte nicht zu den Dirndln, die auf der Dorfstraße zusammenkamen und sich dem Gelächter und der Kurzweil hingaben. Zu ernst war halt das Leben der Maria Dorner bereits in diesen jungen Jahren.

„So, dann willst also kellnerieren?“ fragte er. Seine braunen Augen besaßen die Offenheit und den Glanz verwehter Kindertage. Nun zierte ein schmales Bärtchen seine Oberlippe, und das Haar war noch so wirr und lockig wie damals bei den halbvergessenen Kinderspielen.

„Wohl nicht nur das“, meinte sie mit leisem, spöttischem Unterton. „Deine Mutter scheint hohe Ansprüche zu stellen?“

„Allerdings“, sagte er. „Doch davon bin ich nit ausgenommen. Und unsere Rosi auch nit. Unsere freie Zeit ist knapp. Man muß sich halt das Erbe sauer verdienen!“

„Es wird nit schaden“, meinte Maria. „Bei mir gibt es wohl einmal nichts zu erben, und deshalb brauch ich mir keine Gedanken darüber zu machen.“

„Sieht es so schlecht aus mit euerem Laden?“ fragte er, wobei man doch ehrliche Anteilnahme herauszuhören vermochte. Allein Maria hörte sie nicht und erachtete seine Frage als Spott.

„Tu doch nit so, als wüßtest du es nit“, meinte sie mit einem ironischen Lächeln. „Ihr habt ja noch nie bei uns gekauft. Und du wirst ja auch sehen, was bei uns noch ein und aus geht. Warum sagst du denn nit, daß wir einen alten Krischpelladen haben, der ...“

„So hab ich es nicht gemeint“, sagte er verstimmt.

„Nein, natürlich nicht", gab Maria mit Bitterkeit zurück. „Das arme Krämersmadl muß ja geschont werden, nicht wahr? Mitleid war noch nie etwas Gutes. Man sollte es behalten, für den Fall, daß man es selber einmal nötig hat!"

„Du bist jetzt sehr ungerecht, Maria", sagte Michael scharf. Ganz dunkel waren seine Augen, und um die Lippen zitterte Empörung. „Ich hab nit von Mitleid gesprochen, sondern von Mitgefühl. Das habe ich gemeint, doch du hast es nit begriffen. Einen schönen Einstand beim Brükkenwirt, und b'hüt dich Gott!"

Dann ging er mit raschen Schritten davon. Die Kehle war ihr wie zugeschnürt. So heiß, so brennend stieg es plötzlich in ihr hoch.

Und durch die Tränenschatten hindurch sah sie ein Frauenkäferl; es setzte sich auf ihre Hand. Doch ehe sie es greifen konnte, flog es hinauf in den Himmel, hinein in die Zeit, dem Schicksal entgegen.

★

Hart waren die Anforderungen, die man an Maria stellte. Doch das Krämersmädel beklagte sich nicht. Nicht anders erging es der rotblonden Brückner-Rosi. Sie, die Wirtstochter, mußte die gleichen Arbeiten verrichten wie die angestellte Kellnerin.

Aber Rosi hatte ein fröhliches Herzl und wußte

mit der bärbeisigen Mutter gut umzugehen. Auf das Gebelfer antwortete das Wirtsmadl mit einem hellen, fröhlichen Lachen.

„Soll ich mir die Seel verschwärzen, bloß weil sie grantelt?“ meinte Rosi alleweil zu Maria. „Sagt man was, salfert sie umeinander, und sagt man nix, hernach beffelt sie auch. So sag ich nix und spar mir die Worte!“

Maria war eher von stiller Freundlichkeit. Die hohe, schlanke Gestalt mit dem ausgeglichenen Wesen war bei den Sommergästen recht beliebt. Ohne Hast und Eile, jedoch schnell und flink; wurden die Sommerfrischler bedient. Und alleweil blieb noch Zeit für ein nettes Wort oder einen kleinen Hinweis auf einen besonders schönen Wanderweg durchs beschauliche Bergland an den Ufern der Wildegg.

So verband Rosi und Maria eine stille Kameradschaft. Doch so verschieden sie waren, und doch irgendwie wieder ähnlich in ihrem Denken, Tun und Handeln. Vieles bedurfte nicht der Worte, um gesagt zu sein. Ein Augenzwinkern, ein Wink oder auch ein Handgriff ließen ihre Arbeiten wundersam ineinander zahnen, so daß alles zum Besten florierte.

„Also mit der Maria haben wir eine guten Griff getan“, sagte der Brückenwirt zu seiner grantligen Alten, der heute irgend etwas über die Leber gelaufen zu sein schien. Jedenfalls rutschte sie grimmig die mächtigen, dampfenden Töpfe auf dem Herd herum und benahm sich dabei wie die Henne, von der man sagt, sie wisse keinen Platz, um ihr Ei abzulegen.

„Ja, ja, recht rieglsam ist sie wohl“, knurrte sie wie ein gereizter Hofhund. „Aber daß sie mit unserer Rosi den Kopf z'sammensteckt, will mir nit gefallen.“

„Sie schaffen gut z'sammen“, meinte der Wirt. „Das ist nit mehr wie recht ...“

„Deine Blutwürscht sind ein Dreck heut“, sagte sie. „Eine platzt um die andere. Eine solche Sauerei. Geh, hilf mir das Sieb halten. Jetzt schütt ich die Brüh hindurch. Davon gibt's eine Suppe, und an das Gekrummel mach ich ein paar Kartoffeln. Das gibt ein G'röstl für die Gäst!“

So belferte und maulte sie in einem fort, schmiß der Kuchlmagd ein paar derbe Brocken an den Kopf und der alten Würlerin einen retourgegangenen Semmelknödel nach, weil Albertine den Teig für zu fest hielt.

Während Albertine frische Knödel patschte und sie ins Salzwasser gleiten ließ, äugte sie mit ihren hellen Vogelaugen in den Wirtsgarten. Dort saßen die Gäste im Schatten schöner, alter Kastanien, die nun bereits zarte, grüne Igelchen trugen.

„Was nur der Schmied-Gustl allerweil in unserem Garten hockt?“ fragte sie den Wirt. „Den ganzen Sommer über hockt er schon nach dem Feierabend dort, und er läßt sich von unserer

Rosi bedienen. Da, tu nur einmal das Geschäker anschauen ..."

Sie wischte die klebrigen Hände an der Schürze ab und drehte dann den Fenstergriff um. So reckte sie den hageren Hals hinaus.

„Gleich gehst rein da!" kläffte sie hinaus. „Und der, wenn er ausgesoffen hat, soll er sich durchmachen. Wir sind kein Armenhaus und keine Wärmestube!"

Da floh Rosi erschrocken ins Haus, wogegen sich Gustl Schmied langsam erhob. Das etwas Breite und Behäbige aus Kindertagen war ihm geblieben. So auch das strohige Haar. Nun kam er an das Fenster. Die Wirtin wollte es rasch schließen. Jedoch ihr Schürzenbandl verklemmte sich darin, und schon hatte Gustl den halboffenen Fensterflügel zurückgestoßen.

„Paßt dir was nit, du Zange?" fragte er grollend. „Stinkt dir mein Schilling etwa, ha? Du stinkst mir schon lang mit deiner Beffelei und deinem Geschau, damit du es weißt. Hundertzwanzig Schilling Zech an einem jeden Tag. Und das stinkt dir, ha?"

„Oh jegerl", zirbte Albertine, denn wenn's um Geld ging, dann kamen ihr die Worte ganz zuckrig von den Geizlippen. „Das hab ich doch bloß so gesagt. Wenn man sich halt einmal geärgert hat, wo man nix Gutes hat in dieser traurigen Welt."

„Grein nit, sonst glaub ich's noch", sagte Gustl.

„Dein letztes Hemd hat ebensowenig Taschen wie das Meinige. Und jetzt halt dein Maul. Sonst kriegst du's gestopft!"

„Also Gustl", sagte sie. „Fein ist das nit!"

„Gewiß nit", grollte der junge Mann, der seit einem Jahr einen kleinen Saatguthandel in Magdalenabrunn unterhielt. „Aber ich kann noch feiner, du Drachen' du hundsheiliger. Fauchst noch einmal in meinen Wald hinein, dann fliegt ein Trumm Holz retour. Schön sacht tust hineinhauchen, dann bin ich so fromm wie der Zähringerin ihr Karnickel. Hast mich?"

„Ja, ja", stotterte sie. Aber drinnen, bei geschlossenem Fenster, schoß ihr die Galle ins Blut und färbte das Gesicht grüngelb. Nur der Geiz hielt sie davon ab, daß Teller und sonstige Utensilien die Richtung wechselten. Albertine beschränkte sich darauf, die bereits dreimal ausgekochten Suppenknochen grantig in den Mülleimer zu donnern, der schuldlos in der Ecke stand und die bleiche Fracht aufnahm.

Und Rosi bekam ihr „Fett", wie es die Brükkenwirtin zu bezeichnen pflegte.

„Noch einmal!" schrie sie und ließ dabei das Fleischbeil wuchtig in den Kotelettstrang schmettern. „Dann sperr ich dich drei Tag in den Keller, du Lumpermensch, du trauriges!"

Und Rosi?

Sie lachte so sonnig wie immer, wirbelte auf dem Absatz herum, daß der rotblonde Pferdeschwanz der Mutter ums vielfarbige Gesicht wischte und eilte hinaus in die schöne Sommerluft.

„Ich häng mich noch auf!" schrie die Wirtin. Hätten sie es gedurft, so wären manche gelaufen, den dicksten, festesten Strick zu holen …

★

Seit jenen bitteren Worten fanden Maria und Michael nimmer den Weg zueinander. Stumm, kaum daß sie mit den Köpfen nickten, wenn sie einander begegneten, gingen sie aneinander vorbei. Wie Fremde waren sie, und bedrückendes Schweigen lastete wie eine hohe Bruchsteinmauer zwischen ihnen. Keinen Sonnenstrahl gab es, der von Herz zu Herz hätte fliegen können. Geschlossen waren die Türen, scheinbar auf ewig verloren die Schlüssel, die sie hätten öffnen können. Wie versiegelt waren die Lippen, gerade noch bereit, sich für ein flüchtig gemurmeltes „Grüß Gott" zu öffnen.

Ja, Maria litt unter diesem Schweigen. Oft schickte sie ein paar verstohlene Blicke nach seiner hohen, männlichen Gestalt, wenn er am braungebeizten Schuppen im Kastaniengarten die Bierkästen für den Abtransport stapelte.

Und bisweilen war ihr, als würden seine Augen umherwandern, würden die Blicke etwas suchen. Und dann, wenn der Strahl der braunen

Augen Maria getroffen hatte, erlosch aller Glanz in ihnen und machte einer endsgroßen Traurigkeit Platz.

Dieses Fremde nahm Maria in den Nächten mit sich unter die Decke. Aber auch die Wärme ihrer Seele ließ es nicht anders werden. Kalt und weiß blieb es, wie's Mondlicht draußen zwischen den Zweigen der alten Apfelbäume.

Und dann war es da! Es war wie ein Blitz, der blendend weiß aus dunklem Gewölk niederwirbelte und das Land erhellte. So waren jene wenigen Augenblicke genug, Marias Herz zu erhellen. Für nicht mehr als einen Lidschlag flammte es da drinnen strahlend hell auf, um gleich darauf wieder in finsterste Nacht zu versinken.

Liebe! Nein, nicht das Wort war es, sondern das Fühlen. Die Erkenntnis bedurfte nicht des Wortes, um Marias Herz zu erhellen. Da war etwas, was nicht sein durfte. Nein, kein Baum durfte die Wurzeln in den seidenblauen Himmel recken, sondern mußte sie in die braune Erde stecken, um zu leben, zu blühen und zu gedeihen.

Und Marias Wurzeln? Lagen sie nicht plötzlich bloß, sich ins Himmelsblau reckend, der Verlorenheit preisgegeben für alle kommende Zeit bis hin ins Ewige?

Liebe? Nein, nicht dieses Wort. Das Unmögliche, das Verbotene war plötzlich gegenwärtig. Unverbannbar nagte es am Leben, am ganzen

Sein, war süß und bitter, beglückend und leidvoll in allem, wobei es das eine ohne das andere nicht gab.

O gütiger Gott, tu's nit mit mir! Nimm das fort, was alles so süß und bitter macht. Laß doch meine Wurzeln drinnen in der Erdenmutter. Was soll ich mit ihnen im Himmel, wo's keinen Platz für sie gibt? Ein Baum werd ich dann sein, ein toter nur, ohne Blüte, ohne Frucht. Oh, heilige Jungfrau, nimm es fort aus meinem Herzen. Laß es sterben, dieses Wörtl voller Macht!

So wrang sie sich die Seele aus, diese Maria. Sie wies das zurück, was andere sich so innig erflehten. Doch mit jedem gebittelten Wörtl stieg die Flamme nur steiler in den Wind, und tief drunten begann eine Quelle zu sprudeln.

Feuer und Wasser, ihr Elemente, tragt mich fort. Hinaus ins Land oder hinauf zu den Sternen. Nur fort, fort von dem, den ich liebe und nimmer haben darf.

Fort, fort, dieser Gedanke jagte Maria. Doch das Krämershäusl! Der ergraute Kopf der Mutter! Noch trübsinniger gebeugt über das schwarze Büchl. Das glückselige Leuchten der Augen beim Empfang des Geldes, welches diese duftenden Hände nahmen und verwahrten.

Nein, nicht fort, flieg ins Land, in die Zeit hinein auf Nimmerwiederkehr. Nimm mich mit fort mit dir in den Sonnenschein, ins andere Land zwischen der Zeit. Oder – gib Macht, ihn zu haben!

Da war der Wille, der Wunsch. Und er wuchs wie ein Baum in aller Stille. Er lebte auch mit den Wurzeln im Himmel ...

★

Wo war die Unbefangenheit geblieben? Maria hatte das Empfinden, als ob ihr Inneres plötzlich nach außen gekehrt war. Ein Blick von Michael, und das flammende Rot stieg ihr unter den Haarwurzeln hoch. Ja, das Mädel meinte, die Liebe zu dem Wirtssohn stünde ihr im Gesicht geschrieben.

So mochte es vielleicht gar kein Wunder gewesen sein, daß Maria ihm noch mehr aus dem Wege ging als früher. Wann immer sich seine hohe, geliebte Gestalt zeigte, suchte sich Maria Dorner nach Möglichkeit eine Arbeit, die sie an einen anderen Ort, in einen anderen Winkel des großen, mächtigen Hauses führte. Seine Nähe wäre ihr so unerträglich gewesen, und vielleicht hätte es ihr einfach an Kraft gefehlt. Vielleicht dann nur ein Wörtl von ihm, ein Blick oder gar eine Berührung, und alles wäre vorbei gewesen.

Schon jetzt vermochte Maria ja die Schlünde und Abgründe zu erkennen, die sich dann aufgetan hätten. Süße Stunden der Heimlichkeit, umweht von den schwarzen Schatten des Verbotenen. Geliehenes, umflort von der Furcht der Entdeckung, begleitet vom unweigerlichen Verlust.

Und am Ende ein brodelnder Abgrund mit glühenden Fontänen, unauslöschbar und brennend durch alle Zeit. Und Maria Dorner wollte nicht an der Zeit verbrennen, wollte nicht sein wie eine Fackel, die nichts zu löschen imstande war.

So machte sie es sich zur Gewohnheit, Unangenehmes an Michael Brückner zu finden. Warum sollte es denn nichts geben, was sie an ihm störte? Etwas, das sie davon abhielt, dieses Gefühl des Zueinanders zu empfinden. Da mußte doch etwas sein, was nach dem Auseinander forderte.

War da wirklich nichts? Oder doch?

Die Bachl-Anna von drüben, vom anderen Gasthaus. Sie sah man oft am anderen Ufer der Wildegg stehen. Schön war Anna geworden. Gertenschlank, gut gewachsen, mit einem schmalen Gesicht, einer golden schimmernden Haarkrone und wohlgeformten Beinen.

Manchmal kam Anna auch herüber. Ein Grund ließ sich wohl immer finden, falls die Nachbarschaft in Ordnung war. Das war sie beileibe nicht immer, denn Auguste Bachl, Annas Mutter, verstand es halt nicht immer, ihren „Futterneid" im Zaum zu halten. Es gab Tage, da schien sie jedes Bier zählen zu wollen, welches man drüben beim Brückenwirt im Garten ausschenkte. Die Fremden kehrten halt im Bachlwirt weniger ein als drüben beim etwas mondäneren Brückenwirt. Dort war man mit der Zeit gegangen, hatte modernisiert und sich auf den Geschmack der verwöhnten Städter und auch Ausländer eingestellt.

„Wer nit will, der hat schon!" Das war jahrelang Augustes Devise geblieben, und die Witwe hatte es somit gar nicht gemerkt, daß die Zeit an ihr vorüberging.

Früher, als nur die Vereine in den Wirtshäusern zu Gast waren, hatte man sich nicht blutig schlagen müssen, denn dies war in einem festgefahrenen Wechsel gegangen. Mal ging man zum Bachl- und mal zum Brückenwirt. Freilich hieß es schon einmal: „Beim Brückenwirt sind die Stockwürst die besten." Oder sie sagten: „Gegen der Bachlin ihren Leberkas darf der Brückenwirt nit hin!"

Kleine Eifersüchteleien halt, die immer wieder der sogenannten ausgleichenden Gerechtigkeit zum Opfer fielen, und denen letztlich kein allzu großes Gewicht beigemessen worden war. Satt jedenfalls waren sie beide geworden, die Bachls und die Brückners.

Doch nun war es halt ein wenig anders.

Auguste spekulierte anders. Vielleicht sollte es doch so kommen, daß einmal die Brückner-Rosi einen daherbrachte, der das Wirtshaus übernahm, und Michael konnte mit einem gescheiten Batzen ins Bachlische einheiraten. Ja, aus diesem Gesichtspunkt heraus hatte es die Bachlin schon oft verwünscht, keinen Buben zu haben, denn das hatte die Sache halt vereinfacht: Die ausbezahlte Rosi und ein Bachl-Bub hätten halt ein prächtiges problemloses Paar abgegeben. So jedoch mußte Auguste Bachl aus der Gegebenheit heraus eben anders denken. Gewiß, schwach waren die Hoffnungen, denn normalerweise bleibt der Sohn auf dem Vaterhaus. Aber noch war eben nicht aller Tage Abend.

An diesem Tag, an dem die ersten grünen Igel aus den mächtigen Kastanien sprangen, zerplatzten und ihre braunglänzenden Früchte in den Garten warfen, kam Anna Bachl wieder einmal herüber.

„Die Mutter laßt fragen …"

Mit diesen Worten kam Anna meistens. Diesmal ließ Auguste um ein paar Tischdecken fragen, da man drüben die Hochzeit des Schneider-Girgl mit der Römer-Mathild angenommen hatte.

Albertine hatte einen guten Tag. Den hatte sie selten, aber immerhin gab es das. Nichts schien ihr ausnahmsweise einmal krummgelaufen, denn die Kasse klingelte wie nie; das Haus war voll bis auf den letzten Platz.

„Jaso, Tischdecken tätet ihr also brauchen", murmelte die Brücknerin. „Dann geh einmal hinauf in die Wäschekammer. Dort sitzt die Dorner-Maria an der Mangel. Sagst ihr, daß sie dir geben soll, was du verlangst. Hernach kommst wieder in die Kuchl und zeigst' mir, was du mitnimmst.

Man muß ja schließlich wissen, wo einem die War' hinkommt, oder nit?"

„Gewiß, Brücknerin", sagte Anna artig. Dann ging sie hinauf.

Maria saß an der Bügelmaschine. Das Krämersmadl verrichtete diese Arbeit recht gern. Hier war sie ungestört und konnte träumend den Gedanken nachhängen, derweil die Arbeit ihr recht flink von den Händen ging.

Unbemerkt öffnete Anna die Tür. Auch zwischen Anna und Maria gab es die Gemeinsamkeit der Kindertage nicht mehr. An dem Tag, an dem Anna Bachl die Blumenkrone von Marias Kopf gerissen hatte, war es vorbei gewesen. Damals hatte sich alles kindlich Harmlose aus den Wesen der beiden Mädchen geschlichen und sie einander fremd gemacht. Anna hatte Maria in späteren Jahren noch etliche Male böse und bissige Bemerkungen hingeworfen, von Maria mit Schmerz und Trauer und auch mit dem Stolz armer Leute registriert. Und danach, als Erwachsene, war man einander halt aus dem Wege gegangen.

„Eine saubere Sach, eine solche Mangel", sagte Anna. Maria fuhr ein wenig erschrocken und wohl auch überrascht von Annas plötzlichem Auftauchen herum. „So etwas gibt es in euerem Krempelladen nit, gelt Maria?"

„Nein, wir brauchen es nit", sagte Maria ganz ruhig.

„Na ja, bei dem bissel Wäsche auch", meinte Anna verächtlich. „Die Brücknerin schickt mich um Tischdecken. Sie leiht uns welche!"

„So?" fragte Maria und stand auf. „Langt euer bissel Wäsch gewiß nit?" fragte sie dann. Es kam einfach so aus ihrem Inneren und machte sie zufriedener, als hätte ihr eines Balsam auf die Seele gestrichen.

Anna Bachl wurde weiß. Aus den Augwinkeln heraus sah Maria, daß es für Anna nicht leicht war, diese Bemerkung zu verarbeiten.

„Wir haben Hochzeit", sagte sie schließlich. „Es ist viel Geschäft. Nun mach schon, und spiel dich nit auf, als wärst du die Chefin da herinnen. Das tät dir heraushängen, Brückenwirtin zu werden – so wie damals?"

Maria lachte kurz auf.

„Du hast es nicht vergessen?"

„Ich werde es nie vergessen", sagte Anna.

„Es ist so lange her."

„Trotzdem", sagte Anna. „Ich seh dich noch heute. Diese Blumen im Haar. Diese Augen, dein Gesicht ..."

„Sie war schön – damals!"

Die beiden Mädchen fuhren herum. Breitbeinig stand Michael plötzlich da. Der Himmel allein wußte, wie lange er schon so dort gestanden hatte. Maria war über und über rot. Eine Situation, die sie nie gewollt hatte. Rasch und hastig suchte sie die Tischdecken zusammen.

„Mich hast du als schiach bezeichnet", erinnerte Anna noch an damals. „Bin ich es vielleicht heute auch noch?"

Er sah sie an. Seine Miene verriet absolut nichts.

„Ich stell mir vor, wie Maria heute mit einem solchen Blütenkranz im Haar aussehen würde …"

„Bitte Michael, laß das!" sagte Maria plötzlich sehr ernst. „Wir sind keine Kinder mehr. Diese Zeit ist vorbei. Es war ein Spiel. Und nun halt uns bitte nicht auf."

Ganz ruhig, ganz ernst hatte sie das gesagt und ihn mit ihren Augen aus langseidigen Wimpern heraus angeblickt. Angeblickt? Nein, angefleht hatte sie ihn. Ja, ruhig und ernst war ihre Stimme wohl gewesen. Doch schien nicht der Mann den Klang des zitternden Herzens gehört zu haben? War das ferne Klingen des Glöckchens ihm wie ein Sonnenstrahl ins Herz gedrungen? Ein feiner Ton, als schlüge man porzellanene Schellen aneinander. Ein Ton, nur für zwei bestimmt, ihn hören zu dürfen …?

Da waren Augenblicke zu Minuten und diese schier zu Stunden geworden. Nur ein Hauch der Ewigkeit, ein Stück aus der Zeit, und doch ein Alles, eine Umarmung auf der Insel.

„Du warst schön", sagte er, und es war Maria, als habe die Welt ihr Füllhorn über ihr ausgegossen, als rieselte es plötzlich in allen Farben der

Erde, in Gold und Silber, nimmer endend, sie einhüllend in einen Mantel aus tausend Seligkeiten, der Mantel der Liebe ...

„Und ich?"

Eine Stimme voll Neid, voll Verachtung, haßgeschwängert und gestählt von drängender, vernichtender Unzufriedenheit.

„Wie war ich?"

„Häßlich!" sagte Michael, drehte sich um und ging. Ein Blick zurück. Ein Blick der braunen Augen, der Maria traf. Er traf sie ins Herz, und in diesen Augenblicken wußte sie, daß sein Gesicht ihr sein würde bis zum Ende aller Tage. Und dann vielleicht noch droben über den Sternen, über dem Mantel der Welt ...

„Du!" schrie Anna Bachl grell und rannte Michael nach. Naß waren ihre grünen Augen. „Einen Ring wirst du mir kaufen, irgendwann einmal, den schönsten Ring, hörst du?"

„Du bist nit bei dir, Anna", sagte Michael. „Was willst du eigentlich von mir? Ist das eine Liebeserklärung, wie? Du solltest doch besser den Schneider-Wastl fragen, ob er dir nit eine Rolle für sein nächstes Theaterstückl schreiben möcht."

Seine Schritte verhallten. Anna stand da. Ihre Arme hingen herab. Maria machte einen Schritt nach vorn. Ihre Hand hob sich ...

Mitleid? Mitgefühl? Wie hatte er doch gesagt? Zweierlei wäre es gewesen. Herzweh da drinnen? Was war es? Mitleid? Mitgefühl? Nachempfundenes Weh?

Langsam drehte Anna Bachl sich um. Naß waren die grünen Augen, in die plötzlich ein wildes Geflimmer trat.

„Was schaust du mich so an?" schrie sie plötzlich. „Gott im Himmel, schau mich doch nit so an mit deinen Augen. Mit deinen verdammten Augen. Das Frauenkäferl hat er dir schenken wollen. Aber es ist fortgeflogen!"

Anna ging ohne Tischdecken, und Maria lehnte sich mit dem Rücken an die Wand. So heiß war ihr im Hals, so heiß da drinnen.

Frauenkäferl, bist wirklich nauf in den Himmel geflogen? Hinein in die Zeit, und bringst du's nun heim, das Schicksal. Das Schicksal an wilden Ufern ...?

★

Weiß war das Land, weiß und kalt. Frühe Dämmerung hüllte es ein, machte es still. Die wenigen Tage der sogenannten „toten Saison" kamen. Es war jene Zeit, in der es für Herbsturlauber zu spät und für Winterurlauber zu früh war. Graue Tage, die das Dörfl in eine Art Dämmerschlaf verfallen ließen.

Jedoch schien es nur so, denn man nutzte die Stille zum Atemholen. Zum Nachdenken auch und zum tiefen Durchschnaufen, denn auch die

Wintersaison in der Gastronomie kostete viel Kraft. Es gab kein Gartengeschäft mehr; alles drängte sich in den Stuben und den Nebenräumen, die der Brückenwirt inzwischen aus allen möglichen Kammern geschaffen hatte. So war die einstige Milchkammer zur „Zirbelstube", und die alte Apfelkammer zum „Jagdstüberl" geworden. Die Gäste liebten es, dieses Lauschige, Behagliche. Darüber, ob es echt oder nachgemacht war, dachten sie wenig oder gar nicht nach.

Augenblicklich jedoch gab es kein „Maria – hier, Maria – dort." Jetzt saß Maria im Hinterstübl des Kramerhäusls und blickte hinaus ins Land. Lautlos wirbelten die dicken, weißen Flokken aus dem grauen Gewölk, legten sich wie Watte übers kahle Geäst der alten Apfelbäume, deren Sommerduft nun in den zischenden Bratäpfeln hinter dem schwarzen, filigranen Ofentürchen fortlebte und das Stüberl allmählich würzte.

Lena Dorner saß strickend im weinroten Samtstuhl, der mit seinen gedrechselten und polierten Beinen und Lehnen noch ein Erbstück aus vergangenen, besseren Tagen dastellte. Lena strickte Westen, Fäustlinge, Socken. Sie strickte aus Wollresten, die man ihr brachte. Wofür es gut war, wußte Lena nicht. Früher hatte sie keine Zeit dazu gefunden. Heute jedoch, nachdem das Glöckerl im Laden nur hin und wieder bimmelte, hatte sie Zeit. Ein Packerl Zündhölzer, ein Pfund Mehl, ein Viertel Butter oder ein Hosenknopf von bestimmter Farbe unterbrach die Reihen der zahllosen Maschen. Mehr nicht.

Und Maria? Unendlich still war sie geworden, wenngleich sie ja nie recht laut gewesen war. Aus dem wirbelnden Weiß der Flocken heraus schälte sich ein Gesicht. Michaels Antlitz war es, das ihr scheinbar entgegenschwebte, ruhig, mit lächelnden Lippen und ernsten Augen.

Wie schmerzte die Sehnsucht dieser Tage, in denen man Marias Dienste nicht bedurfte und sie zum unbezahlten Ausruhen nach Hause geschickt hatte. Wenn auch Maria dem Gastwirtssohn immer auswich, so hatte sie dennoch um seine Nähe gewußt, um seinen Atem und das Sein im Hause. Hier hingegen war alles leer. Nichts war von ihm da, und der Bratäpfelduft erinnerte nur wie ein Hauch an den Sommer und an den Blütenkranz im Haar. Damals …

„Du bist so still?“ fragte Lena. Die einfachen Stahlnadeln klapperten nun nicht mehr. Forschend war der Blick der Mutteraugen, der das schmale, etwas blasse Gesicht überwanderte. „Du bist stiller als sonst, Maria. Bist du mit der Arbeit bei den Brückners nit zufrieden? Setzt man dir zu, da drüben?“

„Nein, das ist es nicht!“

„Was denn, Maria?“

„Ich bin so müde“, sagte das Mädchen. In zwei Wochen würde sie volljährig sein. Rosi Brückner war es schon seit dem Spätherbst. Man konnte tun und lassen, was man wollte. Konnte man es wirklich? Ach nein, es ging nicht. Aus dem Festgefügten der Traditionen führte wohl auch die Mündigkeit nicht heraus. Man blieb hineingepreßt in diese Schablone, der alle Gefühle des Herzens fremd waren. Dies mußte wohl auch Rosi Brückner erfahren haben, denn Maria war das Blasse und Sorgenvolle im Wesen des sonst so frischen, rothaarigen Mädels nicht entgangen. Hatten sich dort die Fesseln des Althergebrachten möglicherweise ebenso um zarte Herzbande geschlungen und sich zugezogen, schnürend und würgend, alles erstickend? Maria wußte es nicht.

„Du bist anders!" hörte Maria die Mutter mit bohrender, drängender Stimme sagen. „Ich mach mir Sorgen", hieß das wohl. Die Dornerin aber sprach das nicht aus. Nur in den Augen blieb die Sorge.

„Mutter, es gibt viel Arbeit", wich Maria aus und erhob sich. Sie strich die Falten ihres dunklen Rockes glatt. „Ich mache uns jetzt einen Kaffee."

Später, als Kaffeeduft das Stüberl würzte und die feinen Silberlöffelchen in den zarten Tassen klangen, tat Lena einen tiefen Seufzer.

„Ich glaube", sagte sie, „ich werde die zwei Kammern im Oberstock vermieten."

Maria hielt mit dem Rühren inne.

„Vermieten?"

„Ja“, sagt Lena, und in ihrer Stimme lag die Begeisterung eines gewissen Aufbruchs. „Sie stehen leer. Wenn es sich anläuft, dann werde ich den Laden nimmer aufmachen. Vielleicht läßt sich aus dem Laden und dem Vorratsraum dann jeweils noch eine Fremdenstube machen. Dann hätt ich um die dreihundert Schilling am Tag. Viel mehr, als mir das Ladele bringt. Und du könntest deinen Lohn sparen. Du mußt doch auch einmal an später denken, wenn du geheiratet werden willst. Ein Madl mit nix wird nit geheiratet!“

„Mutter“, sagte Maria mit einem Lächeln. Ihre Stimme allein klang dabei sehr eindringlich. „Ich will nit geheiratet werden. Ich lebe nimmer in deiner Zeit, die ich jedoch achte. Ich will heiraten, wenn ich es will. Ich allein werde das bestimmen. Und wer weiß, ob ich es jemals will ...“

„Ach ja, das Neumodische“, seufzte Lena und erinnerte sich an ihr Ähnl, das noch im vorigen Jahrhundert seine Zeit gehabt hatte. Es war halt alles dem Wandel unterworfen. Heute, morgen und bis an das Ende der Welt. „Aber vermieten werd ich doch“, beharrte sie nach einer kleinen Weile des Nachdenkens. Nun, sie wußte wohl, daß sie sich damit auch von den Banden der Tradition löste und sich hinaus in das „Neumodische“ begab. Das Krämergeschlecht ging zu Ende ...

„Du hast recht mit deinen Überlegungen, Mutter", meinte Maria. „Aber die Leute sind Komfort gewohnt. Und wir haben nicht einmal fließendes Wasser anzubieten ..."

„Nicht jeder will es so", warf Lena rasch ein. Nun, ein bissel war es schon Selbstbetrug, mit dem sich aber auch Hoffnung verband, daß es wirklich nicht alle so wollten, daß es ein paar Krümerln gab vom großen Kuchen, die für die Dornerin abfallen konnten ...

Es fielen ein paar für sie ab, und nicht einmal die schlechtesten. Mit dem Aufblühen der Apfelbäume, zunächst als dunkelrote Knöspchen, sich dann in reinweiße Pracht und schließlich in schillernden Blütenschnee verwandelnd, kam ein älterer Herr aus dem unteren Inntal ins Haus.

Er hieß Leonhard Lippl, war hochgewachsen, schlank mit silbrig schimmerndem Haar und hatte etwas in seiner Art, das sich aus dem Bäuerischen heraushob, wenngleich dieser Mann weit weg war von der hochmütigen, städtischen Eleganz. Mit Lena verband ihn vom ersten Augenblick an ein herzliches Verhältnis. Gescheite Plaudereien hatten sie miteinander, wenn sie zusammen unter dem rieselnden Apfelblütenschnee im Gärtchen saßen und den Lerchen lauschten, die sich tirilierend über den Talwiesen ins dunstige Frühlingsblau schraubten. Und dann lachte die Krämerin nicht selten wie eine ganz Junge. So hell, so plätschernd wie die Wildegg, die sich ungestüm durch ihr Bett zwängte, eilig bestrebt, den Winter vollends hinauszuschwemmen aus dem engen Tal ins weite Land.

Seine Mahlzeiten nahm Lippl drüben beim Brückenwirt oder auch beim Bachlwirt ein. Oft glitt sein Blick über Marias hohe, stille Erscheinung, musterte ihre lächelnden Lippen, die leuchtenden Augen, in denen jedoch immer ein leiser Hauch von Wehmut zu schwimmen schien. Und dann diese Blicke, wenn der Wirtssohn in der Nähe weilte! Scheues Erschrecken, leise Röte, feines Beben der Hände und hernach dieses Abwenden in tiefer Resignation. Liebe ...

Still brannte die Flamme, fraß sich durch den Lenz in den rauschenden Sommer hinein, wogte über wogenden Feldern, jubelte mit den Lerchen und gab sich dann wieder dem Abschied hin, wenn sich die Stare zuhauf sammelten.

Lippl blieb den ganzen Sommer über. Von seinem Daheim sprach er nicht. Hatte er keines? Doch nein, wie ein Heimatloser wirkte er nicht. Eher wie einer, der vor der Heimat floh, sie mit Erschrecken mied. Und Maria, die bisweilen mit Leonhard sprach, rührte in ihrer unendlichen Feinfühligkeit nicht daran.

Wieder ein Winter, der sich still übers Land legte. Schisaison, Bälle, Aprés-Ski, wie sie es nannten. Pelze, elegante Kleider, Lügen und Liebeleien. Krach, Versöhnung und Abreise. Sie flohen mit dem Winter, sie, die dem Land in den Bergen etwas Fremdes brachten, das sich wie ein schleichendes Gift in die einfachen Gemüter zwängte, sie zu listigen Tieren werden ließ, auf der Jagd danach, diesen Heuchlern den Schilling aus den Taschen zu locken.

Mit dem Apfelblütenschnee kehrte Leonhard wieder. Etwas Vertrautes war wieder an den wilden Ufern der Wildegg, brachte Leben in die Tage, brachte Gespräche, Lachen und Bewegung in all die Erstarrung des Krämerhäusls.

Drüben zeigten sich die grünen Igelchen in den schattigen Kastanien, und dann waren die ersten Marienkäfer im Land, durchschwirrten es, um sich hier und dort niederzulassen, wieder fortzufliegen, nicht ohne die Hoffnung auf Glück, das sie bringen sollten.

★

Mit einem Sonnentag war das Entsetzen da. Wie ein Blitz aus sommrig heiterem Himmel zackte es hinein in die Stille der Heimlichkeit, versuchte mit häßlichen Spinnenfingern an heilige Liebe zu rühren, sie zu trennen, zu erwürgen.

Voll war das Haus, und die Geschäfte gingen gut, obwohl Albertine immer weniger auf die Teller legte und die Preise nach oben schraubte.

„Zahlen sollen s' für unsere Berge und für unsere Sonn!" pflegte sie mit hämischem Grinsen zu sagen. Alles war ihr eigen, so eben auch Berge und Sonne. Und Albertine vergaß, daß ihr nicht einmal die Erde zu eigen sein würde, mit der man sie einmal decken mußte. Raffen, gieren, schaffen und schinden und dabei häßlich werden wie ein alter, tönerner Topf, der die Knüffe nimmer spürte, die ihm die Sprünge und Plätzer beibrachten.

Manchmal spürte sie das Herz. Erst feine Stiche, dann ganz arge, wie von einer Stricknadel. Schaffen, schinden, nur nit die Sprünge und Plätzer fühlen. Nach oben, den Kasten füllen und sich nichts gönnen. Geld zu Geld. Und doch hieß es einmal Erde zu Erde. Nur dachte keines daran in den Jahren, in denen die Schwalben so hoch am Himmel flogen, und in denen sich die Frauenkäferl, klein und winzig, doch stetig auf die Suche nach dem Schicksal begaben und hineinflogen in die Zeit.

Und dann lag sie auf der Erde – plötzlich. Nein, nicht die Alte, die, so sagten die Leute, von ihrer Raffsucht vom Boden getragen wurde. Die Junge war es, die Rosi. Das bleiche Gesichtl, das zurückgefallene rote Haar, und danebenkniend diese Maria.

„Rosi, Roserl", bebten die Lippen. „Geh, sei doch g'scheit. Was sind dann das für Sachen ..."

„Weg da!" keifte Albertine. Ihre Knochenhand zerrte das Mitgefühl fort, neigte sich hinunter, wie sie es tat, wenn sie das Kälberne im Rohr begutachtete. Noch ein bissel vielleicht? Grad noch zehn Minuten bis zum Garwerden?

„Ohnmächtig ist sie halt von der Sommerhitz", sagte die Brückenwirtin. „Schafft sie hinauf in die Wäschekammer. Die ist nordweitig und kühl."

„Und der Doktor?" fragte Maria bang,

„Schickt meinetwegen nach ihm", bellte die Brückenwirtin. Dann reckte sie den langen, faltenreichen Hals. „Menü zwei ist aus!" schrie sie zur Durchreiche. „Schaut zu, daß ihr's Gulasch verkauft. Das muß weg. Aus der Pfann geht jetzt nix mehr. Bloß aus'm Rohr!"

Dann lag Rosi droben auf dem Klappbett, das man für die Not angeschafft hatte. Leises Stöhnen floß über die blassen Lippen. Schon eine Weile war Maria aufgefallen, daß Rosi nicht mehr war wie sonst. Das Fröhliche ihres Wesens war einer bedrückten Stille gewichen, aus der heraus sich bisweilen scheue Blicke gestohlen hatten.

„Roserl", flüsterte Maria und tupfte mit feuchtkühlem Tuch die weiße Stirn. „Gut ist's ja. Gleich wird der Doktor hier sein ..."

„Keinen Doktor, Maria!"

„Aber warum denn nit, Rosi? Krank bist du doch und ..."

„Nein, nit krank", murmelte die Wirtstochter. „Nit so, wie man denkt. Ich ..., der Gustl, ich mein ..."

„Ein Kindl?" flüsterte Maria Dorner.

Stumm nickte Rosi.

„Mich freut's für dich, Rosi. Hast ihn gern, den

Gustl, gell? Ich hab es alleweil gewußt. Ein schönes Paar seid ihr zwei."

Rosi schwieg still und starrte mit ihren Augen an die weißgekalkte Decke. Und Maria dachte nicht an die Sorgen, die das Wirtsmadl nun im Herzen trug. Ein Kind durfte sie haben und einen, den sie liebhatte. War das nit eine Erfüllung, über die man sich freuen mußte?

Der Arzt kam und untersuchte Rosi. Maria ging wieder an ihre Arbeit, bediente die Gäste und lächelte dabei still vor sich hin. Doch in einem Augenblick erstarb das Lächeln, in einem Augenblick des Sonnenscheins. Da war er, dieser häßliche Blitz.

„Von wem?" hörte Maria eine markige Stimme brüllen. „Was hast du denn in deinem Hirn, ha?"

Und dann plötzlich merkwürdiges Klatschen, begleitet von einem Wimmern, wie dem eines Kindes. Es schnitt Maria ins Herz. Das Tablett mit den Gläsern fiel zu Boden.

„Du saudummes Weibsmensch!" klaffte die Brucknerin aus dem Kuchlfenster. „Haut mir die Glasln z'ammen. Ja meinst, ich hatt's gestohlen, ha?"

Mit keuchenden Lungen lief Maria die Stiegen hinauf, wankend den Gang entlang, Tränen im Blick, riß die Tür auf. Das blanke Entsetzen!

Die Ochsenpeitsche hielt er, der kurzbeinige Brückner. Sein Gesicht glühte, die schwammigen

Lippen waren verpreßt in blindem Zorn, und Schlag um Schlag klatschte auf den Körper der Dirn.

„Aufhören ums Himmels willen!“ Gell kam der Schrei. Gell vor Angst und Scham und so vielen Gefühlen, die nun über Maria zusammenschwappten wie nach einem Sprung ins eisige Wasser. „Wirst wohl ablassen, du ... du Hundskerl!“

An seinem Arm zerrte Maria wie ein wütender Hund, umschlang den Mann, so daß sie ihm wie der Leibhaftige fast im Nacken hockte und schließlich mit den Fäusten auf ihm trommelte.

„Aufhören – aufhören ... nimmer schlagen, im Namen der Jungfrau!“

Da ließ er ab. Langsam drehte er sich um. Ein paar Gesichter. Das der Alten, neugierig, verkniffen, fürchtend um den Schilling. Jene der Dienstboten, zurückhaltend in ängstlichen Staunen. Michaels Gesicht, blutleer, weiß.

Und das Gesicht der Maria Dorner. Mit dem Rücken lehnte sie an der weißen Wand. Nur die Augen sah man. Fassungslos in Entsetzen und Erstaunen. Bebend waren die Lippen, und jedes Körperglied vibrierte. Keuchend und stoßweise schoß der Atem über Marias Lippen. Verachtung spielte um den Mund.

Und dort auf der Liege wimmerte Rosi. Striemen zeichnete ihr Gesicht, ihre Arme. Verhaltenes Schluchzen quälte sich über die Lippen.

„Ein Kind!“ ächzte der Wirt. „Sie kriegt vom Schmied-Gustl ein Kind. Die Wirtstochter, die läufige Hundsmatz, die dreckerte ...“

„Vater!“

„Halt die Raffel!“ schrie er mit überkippender Stimme. „Ich werd doch einen Bankert nit ernähren. Lieber schlag ich sie tot, diese Schand. Und den Kerl schlag ich auch kaputt. Nit eine gute Stund wird die dreckerte Bagasch haben. Saubande!“

Da erhob sich Rosi. Kalt war ihr Antlitz. Kalt, weiß und wie tot.

„Du mußt nix zerschlagen, Vater“, sagte sie tonlos. „Hast eh schon alles zertrampelt, zertreten, vertan!“

Niemand wußte genau, wie es zugegangen war. Ein vielstimmiger Schrei. Und dann war dort nur noch das Fenster. Draußen war ein Viereck blauen Himmels mit einer sonderbar geformten Wolke.

„Alle Heiligen im Himmel!“

Maria hatte diesen Schrei getan, stürzte zum Fenster. Dort drunten lag sie, die Rosi. Hingebreitet wie im Schlaf, das bleiche Gesichtl mit einem Blutfederl aus dem Mundwinkel, das offene, rote Haar, alles umrahmend wie der Sonne feuriger Strahlenkranz. Und drumherum ein paar Sommerfrischler, sensationslüstern und auch entsetzt, murmelnd und gestikulierend.

Maria spürte in ihrem Nacken den Hauch von

Michaels Atem. Warm strömte das Leben an ihr vorbei, und dort drunten lag der Tod, herausgeschleudert aus der Kälte des Herzens, hingebreitet wie ein Opfer der Liebe, die Gott scheinbar umsonst gegeben hatte.

Ein paar Augenblicke der Wärme noch, im Angesicht der anklagenden Kälte im sonnenwarmen Kastaniengarten. Dann wandte sich Maria um und sah Michaels Augen. Nie vorher waren seine Augen den ihren näher gewesen als in dieser schrecklichen Minute. Ein Sonnenstrahl von Herz zu Herz. Zu spät jedoch, das wußte Maria.

„Warte!" bat er sie mit rauher Stimme.

„Worauf?" fragte sie. „Nein, man kann sie nit so liegenlassen da drunten vor den Leuten!"

Dann ging Maria nach unten. So still war das Haus plötzlich. Die Wirtin hielt die Schürze vorm Gesicht und schluchzte. Im Rohr qualmte das Kälberne. Schon morgen würde Albertine das verbrannte Fleisch' mehr reuen, als Rosis Opfertod, als ihr sinnloses Dahingehen.

Maria fror. Wie hinter einer Nebelwand lief alles ab. Gendarmen kamen, und dann der häßliche schwarze Wagen mit seinen Milchglasfenstern und den stilisierten Palmwedeln darauf. Hämmern und Klopfen, Stahl auf Stahl. Fort – dahin. Unwiderbringlich. Und so schnell wie ein Blitz aus sommrig heiterem Himmel. Vorhin noch Leben mit Leben gesegnet, nun dem Boden geweiht, der Ewigkeit zuschreitend.

Maria band die Schürze ab, faltete sie ganz ruhig zusammen und legte sie auf einen der Tische. Dann faltete sie ihre Hände, als man den braunen Sarg in das Auto schob.

„Fahrt langsam!" sagte der Brückenwirt würgend, und eine Träne rollte ihm aus dem Augenwinkel.

„Sie brauchen nimmer langsam oder schnell zu tun!" hörte sich Maria mit eisiger Stimme sagen. „Vorhin, da hätt sie noch Zeit gehabt. Zeit fürs ganze Leben. Jetzt ist ihr nimmer die Zeit ..."

„Was geht es dich an?" fragte Georg Brückner. „Du bist ein Garniemand!"

„Ja, du hast recht. Ein Garniemand wie sie auch, wie Rosi."

„Wo willst du denn hin, mitten unter dem Tag?"

„Fort", sagte Maria, und sie sagte es in solch gleichmütigem Ton, als würde sie an der Schank ein Glas Bier verlangt haben.

„Fort?" ächzte der Brückner. Nun fiel der Blick wieder zurück auf das Geschäft. Eine gute Kraft war diese Maria. Und billig war sie, schaffte eine Menge ein, denn so mancher Gast schien nur wegen ihr zu kommen. An ihr, an dieser Maria hing doch so viel im Haus. Nein, man spürte nicht ihre Kraft, denn die lärmte nicht. Nur die Wirkung war da, ruhte wie ein Segen über dem Haus. Und nun?

„Ja, ich gehe fort“, sagte Maria wie traumverloren. „In einem solchen Haus kann ich nimmer bleiben. Nit dort, wo der Herrgott sein Schwert drüber breitet und es einmal niedersinken läßt.“

„Hab ich sie vielleicht hinuntergeschmissen, ha?“ grölte der Wirt. „Ich hab's doch nit wissen können. Der Zorn war es halt. Es wäre wieder vorbeigegangen.“

„Es ist vorbei“, sagte Maria. „Für dieses Haus gibt es kein Glück nimmer.“

„Bist du der Herrgott, daß du das sagen kannst, ha?“ fragte Georg Brückner.

„Nein“, sagte Maria. „Wär ich der Herrgott, dann ...“ Sie musterte ihn, dann das Haus und dann den Ort, an dem Rosi gelegen hatte. Was Maria dachte, sprach sie nicht aus. Sie ging. Aufrecht schritt sie über die Brücke, ging von einem Ufer zum anderen. Dort begegnete ihr Anna Bachl. Entsetzen lag in Annas Blicken.

„Die Rosi, sagen sie, ist nimmer ...?“

„Nein, sie ist nimmer, die Rosi“, murmelte Maria und ging an Anna vorbei, die nun zu laufen begann, auf Michael zustrebte und heftig auf ihn einpredigte. Doch Michael hatte nur Blicke für Maria, die nun ging. Mit jedem Schritt wurden sie einander ferner. Die Weichen waren gestellt, denn was einmal nicht sein durfte, sollte ein zweites Mal keine Wiederholung finden. Eilig lief es von Mund zu Mund, und als die Dornerin von einem Spaziergang zurückkehrte, den sie mit Leonhard Lippl unternommen hatte, wußte sie es bereits und stellte keine Fragen.

Maria saß im Apfelgarten. An den Bäumen reiften die Früchte. Manche von ihnen fielen zu Boden und faulten, noch ehe sie eigentlich zur Frucht wurden. So schien es auch im Leben zu sein. Die reifende Frucht ohne Ertrag, scheinbar nutzlos. Und doch so schön als Blüte am Baum ...

★

Ein paar Tage lang war Maria Dorner wie gelähmt. Still wie ein Schatten ging sie durch das Haus, blieb hier und dort vor einem der Fenster stehen und zog wie fröstelnd die Arme um die Schultern zusammen.

An dem Tag, an dem man die arme Rosi zu Grabe trug, kleidete sich Maria in Schwarz. Mit dem Fürtuch über dem Haupt und dem Gebetbuch in den Händen ging sie aufrecht das Dorf hinunter. An den Zäunen blieben die Bäuerinnen stehen und sahen Maria nach. Nein, sie war plötzlich nicht mehr das arme, bedauernswerte Kramersmadl. Sie war nun etwas Besonderes. Was jedoch das Besondere an ihr war, vermochte niemand zu sagen. Und doch war etwas vorhanden, was sie aus der Menge heraushob.

Albertine greinte zum Steinerbarmen, wogegen der Brückenwirt mit gesenktem Kopf dastand. Nein, er wußte nicht, wohin er seine Blikke lenken sollte. Der Pfarrer fand nur wenige Worte. Hätte er mehr davon verwendet, so würden es scheltende, zornige Worte gewesen sein.

Durch die Leute ging es wie ein Grollen im Gewänd der Berge. Unausgesprochen schrie die Schuld, und allem zum Hohn schien es, als wolle Albertine dies mit ihrer lautstarken Greinerei wieder wettmachen. Doch dachte sie über allem nicht schon wieder an den Braten im Rohr und an den Fortgang der Geschäfte, an das Klingeln der Kasse und das Mehren des Reichtums? Man wußte nicht, was hinter ihrer furchigen Stirn vorging und ob die Tränen echt waren, die sie weinte

Maria stand abseits, maß den Bruckner mit verächtlichen Blicken. Nein, ihr Herz war jetzt nicht bereit zu vergeben, wenngleich der Geistliche vom Verzeihen sprach. Es hätte bedeutet, ohne Seil und Haken in den Berg zu gehen, in den sicheren Tod, würde sie diesem Mann den Frevel verziehen haben.

Dann war der Kirchhof leer. Eine weiße Wolke stand reglos am Sommerhimmel, hinter ihr schimmerte die Sonnenscheibe. Ihre Strahlen leuchteten aus der Wolke wie jene an der Monstranz. Ein paar Vögerln zwischerten im längst verblühten Holunder.

„Willst du wirklich fort?"

Ein warmer Strom durchrann Maria. Nur nicht

umdrehen jetzt. Nicht in seine Augen sehen, nicht jetzt. Seine Stimme war ihr genug.

„Ja“, sagte Maria und schloß die Augen. „Ich gehe fort, Michael. Ich kann nimmer bleiben. Nit in euerem Haus und wohl auch nit in diesem Dorf!“

„Weißt du, was ich einmal sagte?“

„Ich weiß nit, was du meinst?“

„Du weißt es“, sagte er leise. „Damals am Wegkreuz. Damals, als ich dir das Frauenkäferl geschenkt habe. Die Meine sollst du werden, Maria. Nur du, keine andere ...“

„Wir waren Kinder – damals“, sagte sie zitternd. Ihr Herz bäumte sich auf vor Glück und Weh zugleich. Oh, süße Seligkeit, trag mich fort, trag mich weit über die Wolken! Seine Hände, sie waren plötzlich an ihren Schultern. Harte und doch so weiche Hände. Blutvoll mit Leben, Wärme und Liebe.

„Nein!“

Sie drehte sich um. Sie tat es ruhig und ganz gelassen. Etwas war in ihr, was ihr die Kraft gab, von der sie wußte, sie würde nur reichen für ein paar Augenblicke und nicht für mehr.

„Nein, es darf nicht sein, Michael“, sagte sie. „Wir sind keine Kinder mehr. Die Spiele sind vorbei. Es regiert das Leben.“

„Wir sind das Leben!“ Der auffrischende Wind riß ihm diese Worte von den Lippen.

„Und jenes?“ fragte sie und wies hinunter in

die Grube. „Ist das auch das Leben? Auch sie hat geliebt, geträumt und gehofft. Und sie ist dran zerbrochen. Ja, woran eigentlich?"

„Geh nicht!" flehte Michael. „Mit dir geht mein Leben!"

„O nein", sagte sie lächelnd. „So viel kann ich nit sein. Hör auf zu träumen! Wach auf, Michael. Tag ist's, heller Tag, nit Sternennacht. Nit die Zeit fürs Träumen!"

Sie trat einen Schritt zurück, als er sich ihr näherte. Weiter ging es nicht, denn da war die Grube. Und dann kamen seine Arme, umfingen ihre Gestalt. Seine Lippen, sie waren auf einmal in ihrem Gesicht, suchten den Mund, stammelnd, hilflos vor Liebe.

Und Maria hing kraftlos in seinen Armen. Jeder Herzschlag drängte zueinander. Doch Irrlichter durften es nur sein, diese Sonnenstrahlen, die kein Glück bringen konnten.

„Nein!" Ein Schrei aus tiefster Qual, geboren aus Vernunft. Ein Schrei, der Maria aus den Armen aller Liebe löste. Einmal nur hatte sie vom Bittersüßen kosten dürfen. Nur ein paar Tröpferl vom Quell der Sieben Glückseligkeiten, und dann kam die Nacht ...

Sie rannte, was ihre Beine hergaben. Nur fort aus seiner Nähe. Weit weg aus diesen Armen, die kein Schutz sein durften. Lieber nun ein wenig leiden, als ein ganzes Leben lang. Ein wenig nur?

Nein, mehr war es. Ein Wehwund da drinnen. Als habe man etwas herausgerissen. War es das Herz, welches sie blutend in seinen Händen zurückgelassen hatte? Wenn auch nicht das Ganze, so doch wohl einen Teil davon. Ja, ein Teil von ihr würde immer bei ihm sein, egal wohin sie die Wege des Lebens auch führen würde.

Frauenkäferl, fliegst in Himmel 'nauf! Oh, nimm mich mit, flehte sie, nimm mich mit hinaus ins Land, hinein in die Zeit, nimm mich mit dorthin, wo Frieden ist …

„Aber Kindl, Madl …?"

Ganz und gar fassungslos stand die Dornerin da und starrte auf die lederne Reisetasche auf dem Bett. Wahllos waren die Sachen aus den Fächern geholt, unsinnig zusammengetragen zwischen Schluchzern und Tränen.

„Verzeih, Mutter, ich kann nimmer bleiben. Es ist so furchtbar für mich. Ich kann es dir nit erklären. Ich muß fort. Noch heute. Noch jetzt in dieser Stunde!"

Und dann sprach Leonhard Lippl. Es war ungewöhnlich, aber er redete von seinem Daheim. Dort, im stillen Wattener Tal, gab es eine kleine Pension. Der Sohn führte sie. Seit ihm die Frau vor ein paar Jahren gestorben war, blieb er ein ewig Trauernder. Und das ertrug Leonhard nicht. Deshalb hatte es ihn fortgetrieben.

„Vielleicht wär in Hochbrunn der rechte Ort für dich?" meinte er. „Arbeit gäbe es. Johannes hat nur Ärger mit dem Personal. Ich werde dich zu ihm bringen. Ja, wir werden eine Reise machen. Wir zu dritt. Deine Mutter, du und ich. Sag ja, Maria. Ein Fehler kann es nicht sein. Nun red schon!"

„Gut", sagte Maria, wenngleich sie nichts von alledem verstanden hatte. Nur das Fortgehen hatte sie begriffen. Nimmer bleiben müssen, wo die Liebe um sie lebte. Dort im fernen Tal würde alles anders sein, Auch die Sonne würde anders scheinen als daheim in St. Gabriel.

Und dann sah sie es auf ihrer Hand: das Frauenkäferl. Emsig kroch es den Finger hinauf, pumpte mit den Flügeln und schwirrte davon.

Ein Punkt war es, der sich in der flimmernden Luft verlor. Was blieb, war das Haus am anderen Ufer. Reglos stand es im Sonnenlicht. Und das schwarze Fenster im zweiten Stock schrie die Schuld der Liebe ins sonnenwarme Land am wilden Ufer.

★

„Gut, es soll mir recht sein", sagte Johannes Lippl. Man hatte eine Unterredung hinter sich gebracht. Maria hatte die ganze Zeit dagesessen und fast nur geschwiegen. Die grauen Augen des Mannes blickten sie dabei ganz ruhig an. Keine Regung war aus diesen Blicken zu spüren. Und doch war etwas vom Trösten in diesen Augen.

Von schlimmen Dingen, die Maria an ihrem letzten Dienstplatz hatte erleben müssen, sprach Leonhard und streifte das schreckliche Ereignis nur flüchtig. Ein kaum merkliches Zucken war dabei um Johannes' Mund gegangen. Eine Erinnerung vielleicht an das eigene Schicksal? Wer wußte es schon?

„Ja, eigentlich kenn ich dich schon aus Vaters Erzählungen", meinte der Mann. Er duzte Maria; es war üblich. Maria betrachtete ihn. Schlank war er und hochgewachsen, nach Marias Schätzung um die Dreißig. „Ja, Vater hat viel von dem Krämerhäusl erzählt. Nun, er ist im Austrag. Es hält ihn nicht viel hier. Und mich, was mich betrifft ..." Er hatte sich, nach Worten suchend, nun selbst unterbrochen. Wollte er sagen, daß ihn eigentlich auch nicht viel hielt? „Na ja", fuhr er schließlich fort. „Ich habe ja das Geschäft. Es will geführt sein. Die alte Elis ist nimmer die Jüngste, und mit den Jungen hat man Ärger. Emerenz macht mir Sorgen."

„Du hast sie noch immer, diese schludrige Person?" meinte Leonhard. „Nun kannst du sie ja hinauswerfen. Jetzt ist Maria da, und du wirst mit ihr zufrieden sein. Sie ist fleißig und ..."

„Bittschön, Herr Leonhard", unterbrach Maria mit einem etwas gequälten Lächelnd. „Loben S' mich doch nit gar so über den grünen Klee. Es wird die Zeit wohl erweisen, wie man in diesem Hause mit meiner Arbeit zufrieden ist. Ich selbst sehe keine Schwierigkeiten. Der Betrieb ist bei weitem nicht so groß wie jener der Brückners, und ich denke, es wird gehen!"

Ein paar Tage blieben die Mutter und Leonhard. Der fand in Lenas angeblicher Einsamkeit nun einen Grund, wieder mit nach St. Gabriel zu reisen.

„Gib auf dich acht, Madl", mahnte Lena und vergoß nun doch ein paar Tränen, obwohl sie sich vorgenommen hatte, um gar keinen Preis zu weinen. Aber sie war halt noch nie von Maria getrennt gewesen, und so fiel es halt doch schwer.

„Ich komm ja wieder", sagte Maria. „Ich besuch dich doch, wenn es die Zeit zuläßt. Sorg dich nur nit, und paß du besser auf dich auf. Geld werd ich dir schicken ..."

„Wenn ich vermiete, dann brauch ich es doch nicht. Herr Leonhard hat einen Plan. Wir machen ins alte Waschhaus auch etwas hinein, nämlich eine Fremdenkammer mit einem Bad, weißt du. Man muß ja mit der Zeit gehen. Ach, wenn ich jetzt den Herrn Leonhard nit hätte!"

Ja, er war ihr ein guter und treuer Freund in diesen schweren Tagen. An seiner Seite gab es keine Traurigkeit. Da waren die Gespräche, die Spaziergänge und das gegenseitige Verständnis, welches das Hinübergleiten in einen anderen, neuen Zeitabschnitt um vieles erleichterte.

Diese Emerenz war ein schnippisches, rotblondes Wesen und gehörte halt zu jener Menschensorte, von der man sagte, daß sie die Arbeit nicht erfunden hat. Oft genug mußte Maria dreinfahren, und sie tat es mit unerbittlicher Härte, denn schon in den ersten Tagen ihres Hierseins hatte sie deutlich gespürt, daß Johannes Lippl es nicht mit viel Verantwortung hielt. Eine gewisse Gleichgültigkeit prägte seinen Geschäftssinn. Etwas, was Maria nicht verstehen wollte. Mit dieser Interesselosigkeit konnte aus der hübsch gelegenen Pension nichts werden.

Die vielen Wanderer und Spaziergänger gingen vorüber, denn es wurde ihnen nichts geboten. Bisweilen blieben sie nur stehen, um den Ausblick zu genießen, der sich von der Pension „Edelweiß" so zauberhaft bot.

Weite Wiesenhänge mit Lärchenbäumen und Heuschobern senkten sich wellig dem Tal entgegen, wo in vielen Windungen silbergrün schimmernd die Ache heraufgrüßte, die hoch droben im Gletschergebirge ihren Geburtsort hatte. Herrlich waren die tiefen, schwarzglänzenden Wälder, die das Mittelland wie duftende Mäntel umhüllten. Hinter ihnen ragten silberweiß die Schroffen der ewigen Gipfel, deren Spitzen an manchen Tagen von den Wolken gekehrt wurden. Weit draußen, im Dunst verblauend, floß ruhig und mächtig der Inn. Und hier drinnen im samtiggrünen Tal, da stand die Zeit so still und war so fern dem lauten Getriebe des Voranstrebenden.

Dies alles bedachte Maria. Sie übernahm eigentlich die Führung des Hauses. Immer war Maria da. Ihre Hände schafften, ordneten, und die Gedanken planten. Ideen reiften, wurden verworfen, bekamen Kinder und Enkelkinder, eines reifer ums andere.

Und Johannes Lippl nahm an nichts teil.

„Ja, ja, es ist schon recht", pflegte er zu sagen. „Du wirst es schon machen, Maria. Mach nur, wie du meinst, Maria!"

Die junge Frau kam nicht voran und trat auf der Stelle. Die Kinder und Enkel ihrer Gedanken brauchten einen Paten, vielleicht auch einen geistigen Vater. Maria wagte es nicht, an Johannes heranzutreten. Der Mann wirkte so unnahbar und verschlossen, wie Maria selten vorher einen Menschen erlebt hatte. Oft wirkte seine Schweigsamkeit so drückend, daß Maria es mit ihm in einer Stube einfach nicht mehr aushalten konnte und es sie hinaus ins Freie drängte.

★

Zäh ging der erste Winter vorüber. Nur wenige Gäste weilten in der Pension. In diesen Tagen warf Maria Emerenz hinaus. Ja, es war eine richtig eigenständige Handlung.

„Spiel dich bloß da herinnen nit auf, du Hereing'schmeckte!" hatte ihr Emerenz auf einen Verweis hin an den Kopf geworfen. „Meinst, ich weiß nit, daß du dich bloß ins gemachte Nest hocken willst mit deiner Scheinheiligkeit?"

„Pack zusammen und geh!" ordnete Maria eisig an.

„Du hast mir nix zu befehlen!"

„Du wirst gehen, auf der Stell!" befahl Maria schneidend. „Für Menschen deines Schlages ist da herinnen kein Platz!"

„Ich geh zu Johannes!" keifte Emerenz.

„Wenn sie sagt, daß du gehen sollst, dann geh!" wurde ihr von dem Besitzer gesagt. Maria, glühend vor Schamröte, kam nicht dazu, sich für ihre Eigenmächtigkeit zu entschuldigen. „Ich danke dir, Maria", sagte Johannes. „Ich hätte es vielleicht nicht geschafft!"

Du schaffst so manches nicht, dachte Maria bei sich und erschrak darüber. Was ging es sie an. Es war sein Leben. Sie wurde nicht dafür bezahlt, seine Gedanken zu prüfen und auch nicht dafür, um sich in sein Leben zu mischen.

Und dann kam der Tag, an dem Maria ihn besser verstehen lernte. Ein später Lenz war endlich gekommen, fast schon dem Sommer zum Greifen nah. Alles ging viel schneller als sonst. Im Nu war das weiche Silber der Palmkätzchen verschwunden, und das Saatgrün der Felder schoß geschwind in die Höhe.

An einem solch laulinden Tag hatte Maria drunten in Hochbrunn zu tun. Sie wollte mit der Metzgerin und der Bäckerin noch wegen der

Preise sprechen und neue Lieferbedingungen aushandeln. Das schaffte sie auch mit viel Geschick. Ihr war, als hätte sie einen Sieg errungen.

Auf dem Heimweg kam sie am Kirchhof vorüber. Da mußte sie an Daheim denken. Freilich, vergessen konnte sie Michael nicht. Unauslöschlich stand sein Bild in ihrem Herzen. Die Sehnsucht war über den Winter geblieben, und Maria hatte alles getan, die Erinnerung nicht mehr aufflammen zu lassen. Doch dieser Kirchhof brachte sie zurück. Klar stand der Schreckenstag wieder vor ihren Augen. Der Tag, mit dem zu Ende gegangen war, was noch nicht einmal begonnen hatte …

Zögernd und wie aus einem inneren Zwang heraus betrat Maria den Kirchhof. Hier ruhten sie vom Leben aus. Alt vielleicht, das Beste erlebt habend, jung vielleicht, wie ein Apfel, der nie reif geworden und nur als Blüte schön am Baum gewesen war. Gewesenes, gegangenes, gelebtes Leben …

Und dann sah Maria plötzlich Johannes. Mit gesenktem Kopf stand er dort an der Kirchenwand. Ein schon verziertes Schmiedekreuz, ein Efeuhügel, darauf prangend frühe weiße Pfingstrosen. Erstarrt stand Maria, als Johannes ihr sein kantiges Gesicht entgegenhob.

Da floh sie mit einem erstickten Schrei. Doch plötzlich hielt sie seine Hand zurück. Fordernd und drängend.

„Warum läufst du fort?“

„Weil – ach Gott, ich …“

Sie fühlte, daß er sie mit sich nahm zu den weißen Pfingstrosen. „Elisabeth Lippl“, stand da zu lesen.

„Das ist mein Leben“, sagte er. „Schau es dir an, Maria. Dort liegt es mit dem Kind. Gegangen wie nie gelebt. Und ich bin der, der warten muß. Immer verspreche ich ihr, daß ich komme. Aber Jahr für Jahr geht dahin, und sie ist alleweil so allein. Nein, sie verstehen es nit, diese Menschen. Sie wissen nix von Liebe über'n Tod hinaus. Sie sagen, ich war nit dicht. Niemand versteht es.“

„Ich“, sagte sie atemlos. „Ich verstehe es!“

„Du?“ fragte er staunend. „Was weißt du denn schon?“

„Nicht viel“, sagte sie leise. „Aber genug, Johannes. Das, was du gehabt hast, nimmt dir keiner. Nicht der Tod und nicht das Leben. Ich weiß, daß du nie ein einziges Wörtl vergessen wirst, das je über ihre Lippen gekommen ist. Nichts von alledem wirst du je vergessen. Ein Teil von ihr wird immer in dir sein. Wir Menschen sind so. Wir leben nur zu einem Teil. Der andere gehört uns nicht. Wir können uns nit behalten. Nit ganz, weißt du!“

Er sah sie an, ruhig, mit klarem gereiftem Gesicht stand sie da und blickte auf die schweeweißen Pfingstrosen.

„Wie du das gesagt hast“, flüsterte er.

„Nun, wie denn?“ meinte sie versonnen, ein zartes Lächeln um den Mund tragend.

„So, als wüßtest du es!“

„Ich weiß es“, sagte sie. „Ich weiß es, weil es zu den Dingen des Lebens gehört wie Morgen und Abend zum Tag und wie auch die Sterne in der Nacht. Es wird immer dazu gehören, auch wenn wir es von uns stoßen und meinen, es wäre anders. Von allen Mächten der Welt ist neben Gott die Liebe die mächtigste Macht, und wir sollten sie ehren und fürchten, weil sie uns auch strafen kann.“

„Strafen?“

„Ja, strafen“, sagte Maria. „Weil sie uns manchmal alles verspricht und uns nichts gibt, außer dem, was wir uns da drinnen zu bewahren verstehen. So wie du, an diesem Hügel mit den weißen Blumen!“

Und da kam's Frauenkäferl, rastete aus auf der weißen Blume und flog wieder zum Himmel empor, hinein in die Zeit, das Schicksal bestimmend, welches hier am Ort des Abschieds mit einem zarten Händedruck übers Gelebte, Gewesene hinweg einen neuen, anderen Anfang nahm.

★

„Kreuzdunnerwetternei!“ schrie Albertine. „Geht denn gar nix mehr voran in dem Saustall da herinnen? Warum verkauft ihr denn das G'selchte nit?

Muß man euch Dodln alles hundert Mal sagen, und muß erst alles stinkert werden, damit ich's dem Hund hinschmeißen kann? Bagasch, verreckte!"

Nein, es ging nicht mehr so gut, seit Maria fort war. Es schien, als habe ein Segensengel lautlos seine Hand vom Brückenwirt weggezogen, als wolle er damit nichts mehr zu tun haben.

Gleich nach diesem Ereignis mit Rosi waren etliche der Stammgäste abgereist und hatten harte Worte gefunden.

„Ein sehr rohes Verhalten von Ihrem Mann!" hatte eine Berliner Dame zu Albertine an einem ihrer schlechten Tage gesagt. Und Albertine? Nun, maulfaul war sie nicht und grantig obendrein.

„Wissen S' was, Frau Kalinke?" hatte sie zum langjährigen Sommergast gesagt. „Lecken S' mich mit Ihrener Sumserei amal am Buckel. Wenn's Ihnen nit paßt, hernach fahren S' auf Honolulu. Dort tun die Hund mit'n Hintern bellen!"

Nein, kein Wunder, daß diese Frau Kalinke nimmer wiederkam, und mit ihr blieben auch die vielen Schulzens, Meiers und Müllers fern. Und Albertine blieb auf dem Lüngerl hocken, auf dem Kälbernen und auf den Stockwürsten. Der Kuchen wurde alt, die Tische im Kastaniengarten wollten sich einfach nimmer füllen. Und das trotz dem süßlichen Gezirpe der Wirtin, welches sie immer anwandte, wenn es um Geld ging. Im

Weggehen war der „Herr Doktor" sowieso ein „alter Trottel".

Die Kasse machte weniger Musik und auch nicht mehr so oft, wie in früheren Tagen. Doch die Brückenwirts waren dennoch zuversichtlich. Gras würde über die Angelegenheit wachsen, so wie es schon lange über dem Hügel auf dem Kirchhof wucherte.

Und dann, in einer lauen Sommernacht, stand ein Teil des Brückenwirtshauses in Flammen. Ein Geschrei gab es im Dorf. Die Wehren der ganzen Umgegend rückten an und versuchten zu retten, was zu retten war.

Albertine kreischte und jammerte.

„Mit was haben wir das verdient!" schrie sie und reckte ihre Faust in den flammenroten Himmel. Von Funkenregen übersprüht, stand sie da und keifte alle Heiligen im Himmel an.

Ja, sie waren im Dorf halt der Meinung, es wäre ihnen ganz recht geschehen. Nicht schlimm genug konnte es für solche kommen, die das Leben mit den Füßen getreten hatten.

Ein paar alte Weibln hatten die geisterbleiche Rosi nächtens vom Kirchhof kommend gesehen. Ihr ruheloser Geist habe das Gebäude in Brand gesteckt und gerächt, was man ihr im Leben angetan hatte. Diese Gerüchte verstummten einfach nicht, und der Brückenwirt drohte jedem mit Klage, der solch „geschäftsschädigende" Mär weiterverbreiten würde. Doch schoß Wasser auf das Mühlrad, so drehte es sich halt. Und dem Fluß das Fließen zu verbieten, war selbst für den noch immer mächtigen Brückenwirt ein unmögliches Unterfangen.

Ja, es mußte Brandstiftung gewesen sein, das hatten die teils sehr schwierigen Untersuchungen schließlich ergeben. Doch einen Schuldigen zu finden, war zu schwer. Fast jeder im Dorf konnte es gewesen sein. Und die Tatsache, daß man auf Rosis Grab eine leere Zündholzschachtel gefunden hatte, hielt das Altweibergerücht am Lodern und Leben.

Man baute auf, und das riß ein tiefes Loch in die Kasse, denn von der Brandversicherung gab es nichts, weil der Fall nicht aufgeklärt war.

Jeder im Dorf wußte, daß Albertine den Vertreter der Versicherung einen „dreckerten Sauhund" geheißen hatte und dafür eine Geldstrafe wegen Beleidigung berappen mußte. Und wenn man allen Redereien Glauben schenken wollte, so hatte Albertine die tausend Schilling der Kuchlmagd mit einem Rührlöffel vom Buckel geschlagen und den Hund dermaßen getreten, daß er seither hinken mußte. Aber es wurde viel erzählt in St. Gabriel in diesen Tagen ...

Drüben im Krämerhäusl hingegen schütteten die Apfelbäume ihren Blütenschnee auf den Kaffeetisch, an dem es trotz des Alleinseins keine Einsamkeit gab. Eine stille und schöne Freundschaft war es, die sich Lena und Leonhard zu bewahren wußten. Leonhard sagte, er habe halt bei Lena sein „Ruh aus" gefunden, eine kleine Heimat, die er sich bewahren wollte. An das Lädchen erinnerte nur noch ein blechernes Reklameschild, mit dem vor Zeiten für einen bestimmten Malzkaffee geworben wurde, den es heute gar nimmer gab.

Und eines Tages war auch das Schildl weg – abgeschraubt.

„Jesses", sagte Lena. „Die Leut können heutzutage aber auch alles gebrauchen. Sogar das alte Blechg'lump!"

Davon, daß es heutzutage viel Geld wert war, dieses „alte Blechg'lump", wußte die Dornerin nichts. Und das war vielleicht gut so, denn es hätte sicherlich nur Unruhe in die Beschaulichkeit der stillen Tage gebracht.

„Denken S' nur, Frau Lena", sagte Leonhard eines Morgens, nachdem der Post-Ferdl einen Brief gebracht hatte. „Eine ganz neue Terrasse haben die jungen Leute angelegt. Johannes schreibt, daß er so stolz ist auf Maria, und daß sie so gut zusammenschaffen ..."

„Ja, und?" fragte Lena, weil sie ahnte, daß Leonhard noch nicht am Ende war. Sie stand auf und hielt ihm den Pullover hin. „Noch ein paar Reihen", sagte sie. „Ich werd den Bund in Rot stricken. Das sieht nit gar so großvaterisch aus, was meinen S' denn dazu?"

„Er will sie vielleicht heiraten, die Maria!"

„Gelobt sei Jesus Christus", sagte Lena und errötete. „Bald schon, oder ...?"

„Er hat ihr noch nit den Antrag gemacht. Denken S' nur, er traut sich nit, das dumme Mannsbild!"

„Ja, ja", meinte Lena bedächtig. Sie hätte beinahe gesagt, daß alle Mannsbilder dumm waren. Doch damit würde sie ihn getroffen haben, und das wollte sie nicht.

„Ich hol trotzdem einen Nußlikör", sagte sie und legte das Gestrick hin. „Wir trinken ein jedes ein oder zwei Stamperln. Und dabei machen wir die Augen fest zu und wünschen uns, daß es wahr wird."

„Und das soll helfen?"

„Vor meiner Verlobung haben meine Eltern auch Nußlikör getrunken", sagte sie. „Und es hat gewirkt. Warum sollt es diesmal wohl anders sein. Bloß dran glauben muß man. Was man glaubt, das kommt so!"

„Gott geb's, daß Sie recht haben werden, Frau Lena!"

„Wollen wir wetten?" fragte sie.

„Ich wett nit", sagte er eckig und beleidigt.

„Und warum nit?"

„Weil bloß Lumpen wetten", sagte er mit zittriger Erbostheit. „Und jetzt holen S' den Nußlikör. Der ist besser als die Wetterei, die wohl für die Katz sein mag!"

Sie tranken den Nußlikör, machten jedesmal

die Augen ganz fest zu und wünschten sich, die beiden in der Ferne möchten zueinander finden. Ja, so lief es halt in den Abend hinein, und als der erste Stern am Himmel flimmerte, waren sie bereits bei den Hochzeitsvorbereitungen und stritten sogar ein bißchen, weil Lena die Tracht als altmodisch empfand. Aber schließlich, beim letzten Glasl Nußlikör und unter der gelben Vollmondscheibe, vertrugen sie sich wieder. Die seltene Nachtigall und der Tau forderten schließlich zum Abbruch der sogenannten Planungsfeierlichkeiten auf. Na ja, und sie hatten beide halt doch ein wengl Mühe, als sie, einer dem anderen hilfreich und wacklig zur Seite stehend, endlich die Haustür fanden.

„Bei so – so viel Nußlikör, da – wird geheiratet“, sagte Lena.

„Und – und wir sagen nix, gell?“

„Kein Wort“, versicherte Lena und wollte den Finger auf den Mund legen. Jedoch traf sie nur die Wange, lachte wie ein Schulmadl und ließ sich ins Haus führen.

★

Als Lena und Leonhard in den ersten Augusttagen nach Hochbrunn reisten, staunten sie nicht schlecht, was aus der kleinen Pension „Edelweiß“ geworden war. Die ganze Wiese neben dem Haus war nunmehr eine Terrasse mit vielen Tischen und hübschen Sonnenschirmen. Das Haus hatte einen Anbau bekommen, der fast größer war als der ursprüngliche Bau. Etliche Kellnerinnen liefen freundlich und geschäftig herum, die zahllosen Gäste zu bedienen, die sich hier bei Kaffee und Kuchen gern niederließen und die Aussicht genossen.

Marias Kuchen – selbstgebacken – genoß weithin einen hervorragenden Ruf. Eine eigene Backstube besaß man, in der einige Frauen aus dem Dörfl Arbeit und Brot fanden. Nach Marias Rezepten und unter ihrer aufmerksamen Überwachung wurden hier diese unvergleichlichen Strudl und Butterkuchen gezaubert, neben vielem anderen natürlich. Kaum etwas wurde noch hinzugekauft.

Um die Pensionsplätze rissen sich die Gäste. Lange mußte man sich voranmelden, um im „Edelweiß“ unterzukommen, denn die Küche war ganz hervorragend.

„Also“, sagte Leonhard. „Da kennt man ja nix mehr wieder. Wenn ich da an die Kuchl von früher denke!“

„Heut abend“, sagte Maria, „setzen wir uns in unserem neuen Kaminstüberl ein bissel zusammen. Aber jetzt schaut euch nur erst einmal um. Und mich – mich mußt's leider entschuldigen. Ich hab doch alle Hände voll zu tun!“

Ja, und fort war sie schon wieder, die Maria mit ihren roten Wangen, den lebendigen Augen, denen nichts entging, was sie für wichtig hielt.

„Die Tische sauberhalten, meine Damen!" rief sie. „Und dort hinten müht sich der Herr mit dem Sonnenschirm. Geht hin, helft einmal ein bissel, habt halt ein wengl Augen im Kopf, bittschön!"

All das klang streng und doch freundlich. Der Ton verschaffte Respekt und gleichzeitig ein freundliches Arbeitsklima. Zu Maria konnten sie auch mit ihren kleinen Sorgen und Nöten kommen. Dafür hatte die junge Frau stets ein offenes Ohr, Klatsch und Tratsch jedoch verabscheute sie, und daher kam dies gar nicht zur Blüte. Wo wollte Unkraut hoch, wenn es die wachende, sorgende Hand schon jung mitsamt der Wurzel aus dem Boden riß?

Und Johannes?

Nichts mehr war übrig von diesem Trauernden: ein Mann voller Vitalität, sprühend vor Eifer, planend, denkend und schaffend und vorangetrieben von Marias Eifer, der kein Rasten kannte. Noch am Abend saß sie in der Bürostube und trug alle Abrechnungen fein säuberlich ein. Lang war ihr Tag, den sie mit einem Gebet beendete, um danach noch eine Weile die Sterne zu betrachten. So lange blickte sie hinauf zum Samthimmel, bis sich das Geflimmer und Geflirre scheinbar von dort zu lösen schien, herniederregnete und sie schier einhüllte in einen goldenen Mantel der Zufriedenheit und der Geborgenheit.

Ach ja, und jetzt waren die Lieben gekommen und durften teilhaben am Erfolg. Vom Glück sprach man nicht und auch nicht von der Liebe. Die beiden Alten dachten an die Flasche Nußlikör, die ihnen neben der Hoffnung eine unruhige Nacht und am anderen Tag einen schummrigen Magen eingebracht hatte.

„Vielleicht war's zuviel gewesen", raunte Lena dem Leonhard zu. „Verraten dürfen wir's so und so nit. Ob wir noch einmal ..."

„Lieber nit", sagte Leonhard Lippl lächelnd und wehrte mit der Hand ab. „Man kann das Glück nit zwingen!"

„Nein, das kann man nicht", sagte Lena und dachte an die Bemühungen der Albertine Brückner, die Bachl-Anna als „Mitgift" zur Sanierung des angeschlagenen Unternehmens ins Haus zu holen.

Zwischen ihr und der Bachl-Auguste war es deshalb schon zu recht argen Zankereien gekommen. Es war so gewesen, als habe man zwei gereizten Hundsviechern plötzlich die Leine gekappt und aufeinander losgelassen.

Brückner war schließlich mit einem Knüppel dazwischengegangen und hatte sein Alte zurückgepfiffen.

„Dir gib ich's noch, du goaßbeinige Wetterhex!" hatte die Brücknerin noch giftig über die Schulter gebrüllt. „Deinen Giftzahn tut dir der Bader noch ziehen, Mistamsel, hundsheilige!"

„Niemals geht die Anna umi, lieber zünd' ich die Hütt'n an!" geiferte die Bachlin über die Brücke.

Ja, ja, Tagesgespräch war es eine Zeitlang gewesen in St. Gabriel, und man war sehr gespannt darauf, wie es wirklich einmal kommen sollte, denn so wie es aussah, stand dem Brückner-Michael der Sinn nicht nach einer Heirat. Daß der Wirtssohn nur an eine dachte, die er einfach nicht vergessen konnte, wußte keiner. Nicht einmal die Dornerin ahnte davon.

Am Abend saß man zusammen in dem behaglichen Kaminstüberl. Allzuviel Privates konnte man nicht plaudern, denn auch ein paar der Pensionsgäste hielten sich in diesem Raum auf.

„Ach ja", sagte Johannes, „wenn ich ans vorige Jahr zurückdenk? Da ist gar nix vorangegangen. Ich muß geträumt haben, oder es hat erst eine wie Maria kommen müssen. Ja, sie hat mir gezeigt, wo es entlang geht. Ich wüßt gar nimmer, was ich ohne sie anfangen sollte."

„Ach, hör auf", versuchte Maria verlegen abzuwehren. Ihr frisches Gesicht war ein wengl rot geworden. „Es ist doch jeder Mensch zu ersetzen!"

„Ist er das wirklich?" fragte Johannes ernst, und ein Blick aus seinen grauen Augen traf sie fast vorwurfsvoll. Und Maria wußte, woran er nun dachte: an einen Grabhügel und einen Buschen weiße Pfingstrosen drunten im Dörfl.

„So hab ich es nit gemeint“, sagte sie mit niedergeschlagenen Augen.

„Manchmal ist eines wirklich schwer zu ersetzen“, hakte nun Lena ein. „Bei den Brückners ist es steil den Berg hinuntergegangen, seit du nimmer dort bist, Maria“, sagte sie lebendig. Ach, sie ahnte ja nicht, an welch heimlicher Herzwunde sie damit rührte.

„So?“ fragte Maria mit gleichgültig klingender Stimme.

„Ja, die Leut bleiben ihnen aus, seitdem das passiert ist mit der armen Rosi. Und gebrannt hat es auch bei ihnen. Die Leut' sagen, der Geist von der Rosi wär's gewesen.“

„Geh weiter, Mutter“, wies Maria zurück. „Du witst doch so etwas nit glauben wollen.“

„Eine leere Zündholzschachtel hat man auf Rosis Grab gefunden“, berichtete die Dornerin. „Irgendwie hängt es ja wohl damit zusammen, das kann mir keines weismachen. Na ja, und jetzt probiert die Brücknerin, daß sie die Bachl-Anna für Michael als Hochzeiterin kriegt. Anna tät schon mögen, mein ich. Aber Michael will wohl nit, und die Bachlin sucht halt für ihre Anna einen, der ins Wirtshaus heiratet.“

„Ich – ich muß geschwind noch einmal in die Küche“, sagte Maria stammelnd und erhob sich. „Entschuldigt mich einen Moment!“

Draußen in der modernen, geräumigen Küche lehnte sich Maria mit dem Rücken an die Wand.

Er wollte nicht, der Michael! Er vergaß sie wohl nicht? Diese Gedanken wühlten sie nun sehr auf, denn wochenlang hatte sie glaubt, über diesen Dingen zu stehen.

„Geht es dir nit gut, Maria?“

„Wie? Ach, doch! Es geht mir gut. Ein bissel müde bin ich halt!“

Johannes war eingetreten und musterte sie besorgt. Forschend tasteten die Blicke seiner grauen Augen ihr Gesicht ab, und Maria versuchte ein Lächeln.

„Manchmal denke ich, daß ich dir einfach zuviel zumute“, sagte er.

„Unsinn“, wies Maria ungewohnt schroff ab.

„Nein, nein, es ist schon viel. Wir werden noch einmal über dein Gehalt reden müssen.“

„Ja, ja“, sagte sie ausweichend. „Ich hab bloß geschaut, ob der Herd wirklich aus war. Manchmal dankt man halt so komische Sachen, weißt du?“

„Ja, Maria, manchmal tut man das“, sagte er, als sie an ihm vorüberging. Sie verharrte ein paar Augenblicke und sah ihn an. Dann schlug sie die Augen nieder. Schon lange fühlte sie, daß er sich in sie verliebt hatte. Und sie selbst? Nun, seine Nähe war ihr vertraut. Der Gedanke, von hier fort zu müssen, erfüllte Maria mit einem gewissen Erschrecken. Es war zwischen ihnen beiden etwas gewachsen, was sich für Maria nicht auf den Punkt in Worte kleiden ließ. Es war wohl auch so etwas wie eine Flamme, was in Maria brannte. Aber eine andere Flamme als jene, die für Michael Brückner leuchtete.

Waren es zwei Lichter im Dunkel, die gleichsam nebeneinander ihre Helligkeit verströmten? Die eine ganz nah, ganz greifbar, und die andere fern, ferner als ein Stern am Nachthimmel?

Maria wußte es nicht. Aber hier war sie daheim. Hier war ihre Erfüllung und vielleicht die Vollendung ihres Schicksals. O ja, sie begehrte innerlich auf und wehrte sich gegen das Neue, welches sich mit aller Macht in ihr verschlossenes Herz hineindrängen wollte. Da durfte doch niemand anderes Zugang haben als jener, den sie um seiner selbst willen hatte verlassen müssen.

Oder war es doch anders? War nichts für ewig, und war auch das Herz mit seinem Denken und Fühlen dem Wandel der Zeit unterworfen und ihm das Vergessen einer neuen, zweiten Liebe geschenkt?

Treibenlassen oder Kampf? Vor dieser Frage stand die junge Frau an jedem Tag ein paar Mal. Dann sah sie ihn an, diesen Mann, und in ihr flutete eine Woge der Zärtlichkeit. Oft des Abends verspürte sie den Wunsch, ihm übers Haar zu streichen, ihm ein paar liebe Worte zu sagen. Aber meist saß sie stumm neben ihm, betrachtete sein Gesicht, in welchem nun wieder weichere Züge schimmerten. Das Harte, Herbe der frühen Tage ihres Hierseins war vergangen.

Die Zeit war es, die vorandrängte. Sie trieb das Jahr vom Lenz in den Sommer, in den Herbst und Winter und wieder heraus aus ihm in einen neuen Lenz hinein. Unaufhaltsam und mit stetig gleichbleibender Energie. Und die Menschen mußten mit auf diesen Weg, wurden fortgerissen vom Strömen der Zeit, hingespült an neue Ufer, um dort ihre Wurzeln zu schlagen und Früchte zu tragen.

★

„Ja", sagte sie. „Ja, Johannes, ich will deine Frau werden!"

Stumm und ergeben stand sie dann vor ihm. Ihre braunen Augen sahen ihm fest in das Gesicht. Ein Versprechen waren diese Augen. Sie hatte gelernt, für ihn zu empfinden. Und diese Empfindungen waren beglückend für Maria. Ohne Leidenschaft vermochte sie an das zu denken, was sie in der Heimat zurückgelassen hatte. Freilich war ein Teil von ihr dortgeblieben. Gewiß hielt Michael Brückner ein Stückl von ihrem Herzen noch immer in seinen Händen.

Und doch war es so, daß Maria nichts vermißte. Da war Johannes, und nun war sie sein. Dafür hatte sie ihn, sein Herz, seine Seele und seine Liebe. Vielleicht hatte sie auch nur einen Teil von ihm, denn ein Stückerl war bestimmt mit jenem Kirchhofhügel verbunden auf ewige Zeit.

Das wußte Maria, und es mußte wohl so sein.

„Also hat er doch geholfen, der gute Nußlikör", sagte die Dornerin strahlend zu Leonhard Lippl, als sie neben ihm an der Hochzeitstafel saß. Keine große und aufwendige Hochzeit feierten sie. Es waren die Tage der toten Saison, die man für das Fest nutzte. Liebe und Vertrauen bedurften wohl nicht eines rauschenden Festes. Ein Händedruck, ein zarter Kuß, umweht von neuer Seligkeit. Keine glutvolle Leidenschaft frühester Jugend, wenngleich Maria erst einundzwanzig Lenze zählte. Ihr Mann war elf Jahre älter. Doch darüber dachte man nicht nach.

„Ich bin froh, daß es so gekommen ist", sagte Leonhard Lippl. „Nun lebt er wieder, der Bub!"

„Wie schaut's denn aus, Vater?" erkundigte sich der Bräutigam später. „Jetzt könntest ja wieder daheim wohnen?"

„Nein, nein, das geht nit!" wies Leonhard energisch zurück. „Ich kann Frau Lena jetzt nit allein lassen, wo doch im Haus und im Anbau schon fünf vermietete Zimmer zu versorgen sind."

„Außerdem ist es sein ‚Ruhaus'", sagte Lena.

„Na ja", meinte Johannes lachend. „Alter macht halt manchmal wunderlich!"

„Wart nur ab, bis du in meine Jahre kommst", schnodderte der alte Lippl. „Außerdem ist es mir bei euch viel zu hektisch. Wer weiß, vielleicht gibt es in zwei oder drei Jahren diese kleine Pension gar nimmer, und es steht etwas ganz anderes da?"

Er behielt recht. Es dauerte keine drei, sondern vier Jahre. Dann gab es das Hotel „Edelweiß", einen wuchtigen, ausladenden Bau im schönen alten Stil des Landes. Türmchen und Erkerchen, reich bemalte Fenster und viel edles Holz prägten dieses Haus, dessen Name einen hervorragenden Klang hatte. Siebzig Betten gab es zu vermieten, und es kam eigentlich nicht vor, daß einmal eines leer war.

Dazu kamen das Café, das Restaurant und die Weinstube, die auch gern von den Einheimischen besucht wurde. Und alles mußte organisiert, geführt und geleitet werden. Umsicht, Planung und auch Vorausschau waren notwendig. Verhandlungsgeschick im Umgang mit Reisebüros und Lieferanten, der richtige Ton gegenüber den Gästen verschiedenster Herkunft, all diese Komponenten mußten vereint sein.

In Maria waren sie vereint. In einer schönen und herrschaftlich wirkenden Frau, von hoher Eleganz und bestechendem Wesen. Ruhig, konsequent, freundlich und unnachsichtig gegenüber Unregelmäßigkeiten.

Aber es gab auch eine andere Maria. Eine, die zärtlichste Mutter war, Hausfrau, Geliebte und Kameradin. Der kleine Leonhard feierte seinen dritten Geburtstag. Ein kleiner, blonder Wildfang mit den grauen Augen des Vaters. Pfiffig und lebendig wie er war, mußte Maria das Temperament immer wieder ein wengl zügeln, um es in die rechten Bahnen gleiten zu lassen.

Viele sahen es ohnehin als ein Wunder, wie sie es schaffte, neben all dem vielen Tun noch Zeit für Mann und Kinder zu finden. Doch sie schaffte es. Nie hörte man sie klagen, daß ihr auch nur irgendwann einmal etwas zu viel wurde. Jeder Handgriff geschah aus dem Glück heraus. Mußte er so nicht ganz naturgemäß gesegnet sein, denn wie sollte etwas nicht gelingen, was aus fröhlichem Herzen heraus getan wurde?

„Wir sollten wirklich einmal Ferien machen, Maria“, sagte Johannes zu seiner jungen Frau. Am späten Abend, wenn der Bub im Bett war, fand sie endlich Zeit, in seine Arme zu kriechen. Oftmals, und so wie heute, lag sie mit angewinkelten Knien auf dem Sofa, und ihr Kopf ruhte in seinem Schoß. Stundenlang konnte sie Johannes' Gesicht betrachten. Ach, jedes Fältchen; jeder Winkel in diesem Gesicht war ihr so unendlich vertraut. Und doch gab es für sie immer wieder etwas Neues zu entdecken.

„Ferien?“ fragte sie. „Ich hab alle Tage Ferien. Die Arbeit macht mir nichts. Ich weiß gar nit, wie es sein sollte, würde ich einmal einen Tag mit Nichtstun vertrödeln.“

„Du warst nie wieder daheim in St. Gabriel!“

Da richtete sich Maria auf. Ihr Blick wurde dunkel. Ordnend fuhren die feingliedrigen Hände nun über die sorgsam gesteckte Frisur.

„Nein, ich war seither nimmer daheim“, sagte sie. „Was heißt jedoch ‚daheim‘? Mein Daheim ist hier. Ich bin geboren in St. Gabriel, dort steht mein Vaterhaus, gewiß, aber …“

„Hat nit jeder Mensch einmal Sehnsucht nach dem Vaterhaus?“ wollte Johannes von ihr wissen.

„Vielleicht“, murmelte sie. „Aber für mich ist es nicht leicht, Johannes!“ Mit klaren Blicken sah sie ihren Mann an. Dann kroch sie wieder zu ihm und bettete ihren Kopf in seinen Schoß. „Ich habe nie darüber gesprochen“, begann sie und schloß dabei die Augen. „Aber ich habe in der Heimat etwas zurückgelassen, weißt du. Etwas Ähnliches wie das Pfingstrosengrab drunten in Hochbrunn. Du gehst hin zum Ort der Erinnerung …“

„Warum tust du es nicht auch?“ fragte er. „Du weißt, daß wir über alles gesprochen haben. Keiner nimmt dem anderen etwas, und das Gehabte kann uns keiner nehmen!“

Sie lächelte herb und müde.

„Weißt du“, murmelte sie. „Ich hab das Gehabte ja nicht einmal gehabt …“

„Du meinst, er – er lebt?“

„Ja“, sagte sie ruhig. „Aber ich denke, ich hätte es gehabt, und es ist so, wie mit dem Grab. Und deshalb möchte ich nicht hin. Ich weiß nicht, ob du es verstehst, Johannes. Ich möchte mich nicht in etwas verlieren, was nie gewesen ist. Ich will nicht zu nahe an das Feuer gehen, weil diese Flamme mich verbrennen könnte.“

„Du liebst diesen Mann noch immer?"

Da richtete sie sich auf und sah Johannes an.

„Ich weiß es nicht", sagte sie ruhig und ehrlich. „Und ich will es nicht erforschen. Du bist mein Mann, dich liebe ich. Dich, unser Kind, unser Haus und unser Leben. Das alles ist meine Heimat und mein Sein. Wozu sollte ich hingehen und nach Spuren des Niegewesenen suchen? Nein, ich mag nicht nach alten Quellen graben, wenn ich das Wasser habe, meinen Durst zu stillen. Alles Mehr wäre zuviel. Das kann ein Mensch nicht ertragen!"

Er schwieg und sah sie an.

„Ich weiß, daß du mich liebst", sagte er. „Ohne jede Bedingung, und deine Ehrlichkeit ist es, was uns nie voneinander trennen wird!"

„Nein, es gibt nichts, was uns trennen wird, außer ..."

„Du wolltest etwas sagen?"

„Trinkst du noch ein Glasl von dem französischen Rotwein?"

„Ja, gern", antwortete er, und sie dachte an das Grab drunten auf dem Kirchhof und daran, daß es eben doch Mächte gab, die ungeachtet aller Treueversprechen doch zu trennen vermochten. Und diese Mächte klopften nicht erst an und fragten, ob es denn genehm sei ...

★

Auguste Bachl riß sich schier die Beine aus, einen Hochzeiter für ihre Anna zu finden. Sogar einen „Schmuser", einen Viehhändler, der sich nebenbei als Heiratsvermittler betätigte, hatte sie schon beauftragt. „Kommst doch herum in der Gegend", hatte sie dem Zander-Hans-Girgl gesagt. „Einen Auszahlsohn halt. Nit unter hunderttausend, hörst?"

Nun, in die Wirtschaft wollte halt keiner so leicht hineinheiraten. Zwei Burschen hatte der Hans-Girgl gebracht. Natürlich unter gewissen Vorwänden. Und die hatten sich das Wirtshaus betrachtet. Es war halt alles weit hinter der Zeit. Und hunderttausend Schilling für eine Modernisierung waren halt nur ein Tropfen auf den heißen Stein. Einer schließlich, aus dem Dörfl Niedernmoos, hätte die Anna wohl genommen. Aber Anna wollte nicht.

„Ich werd Brückenwirtin!" hatte sie ihrer Mutter frech in das Gesicht gesagt, hatte sich umgedreht und war gegangen.

Nun, der Brückenwirt spekulierte halt auf Annas Mitgift, obwohl es zweifelhaft war, daß Auguste ihre Tochter ausbezahlen würde, denn was sollte sie allein auf dem Wirtshaus tun?

So kam es, daß sich Anna halt oft drüben bei den Brückners aufhielt. Albertine schürte das Feuer gegen Auguste.

„Dumm ist deine Mutter, daß sie stößt wie ein Bock", pflegte sie zu Anna zu sagen. „Man könnt bei euch ein Bettenhaus hineinmachen. Die Leut täten bei uns essen. Drüben bräucht man bloß nur ein Frühstücksstüberl und ein paar Stubenbolzen für die Kammern." Der Ausdruck „Stubenbolzen" wurde von ihr für ein Zimmermädchen gebraucht.

„Was soll ich denn machen, wenn sie die Sach nit hergibt?" klagte Anna. „Und Michael will ja auch nit!"

„Du bist doch ein Madl", riet Albertine. „Mußt halt viel um ihn sein und ihm recht schöntun. Man darf sich halt nit dumm stellen. Weißt du, wie ich den Meinigen dazu gekriegt hab …?"

Die Brückenwirtin neigte sich der Bachl-Anna zu und flüsterte ihr etwas ins Ohr. „Hast mich?" fragte sie. „Wenn einmal eine solche Gelegenheit da ist, mußt du sie halt beim Schopf fassen. Und hernach könnt er ja nimmer anders, wegen der Ehre. Den Segen von mir und meinem Alten, den tätest haben, Anna. Und rieglsam bist auch, das weiß ich. Mit dir im Haus, da tät's wieder hinaufgehen mit der Wirtschaft …"

„Und wenn die Mutter dann doch nix hergeben würd?" fragte Anna. Sie war richtig rot geworden unter dem, was ihr die Brückenwirtin da angeraten hatte.

„Ach", tat Albertine ab. „s' ewige Leben hat sie auch nit, deine Auguste. Sie klappert doch jetzt schon hinten und vorne."

Gedankenlose Worte? Oder absichtlich roh

und gemein hervorgestoßen? Bei Albertine wußte man nie genau, woran man war. Manches meinte sie nicht so, wie sie es sagte. Aber vieles meinte sie noch direkter, als sie es zu sagen überhaupt imstande war.

Diese Unterredung hatte stattgefunden an jenem Tag, an dem Maria und Johannes einander das Jawort gegeben hatten. Und ein paar Tage später, als die Kramerin mit dem alten Hausbesorger, dem Lippl, ins Dörfl zurückkehrte, war diese Nachricht in aller Munde gewesen.

„Gut hat sie es getroffen, die Dorner-Maria“, hieß es. „Man muß ihr das Glück ja geradezu vergönnen.“

Einen traf diese Nachricht wie ein Keulenschlag. Wie im Nebel taumelte Michael durch die Tage, daß es sogar der Brücknerin auffiel. Aber einen Reim konnte sie sich natürlich nicht darauf machen, denn sie wußte ja nichts von der heimlichen Liebe im Herzen ihres Sohnes. Nichts wußte sie vom Frauenkäferl und von der Umarmung damals auf dem Kirchhof. Nichts vom Sehnen nach der Wiederkehr und vom Hoffen auf Erfüllung.

Nun lag sie am Boden, die Hoffnung. Alles war kaputt und vertan. Alles? Ja, was denn? Eigentlich hatte ja gar nichts begonnen. Und so manch ein vernünftiger Mensch würde gesagt haben, was denn wohl so Großartiges dran sein konnte an dieser Schwärmerei aus Kindertagen.

Jeder hatte sie doch wohl einmal erlebt. Doch jeder eben anders …

In diesen Tagen war Anna oft um Michael. Er nahm nur wenig Notiz von ihr. Sah er denn nicht, wie nett sie sich zurechtmachte? Immer sah sie adrett und frisch aus. Nein, die Bachl-Anna war kein häßliches Mädel. Sorgsam frisiert war das goldblonde Haar, wie es der Brauch verlangte. Unendliche Tiefe schien aus den grünen Augen zu schimmern. Augen, die halt um Liebe bettelten, denn Anna liebte, und sie wollte wiedergeliebt werden, wie alle Menschen dieser Welt.

So war ihr Tun nicht vermessen oder verwerflich. Alles setzte Anna daran, Michaels Herz für sich zu gewinnen, weil sie halt auch ein Zipferl vom Glück erhaschen wollte. Seit Kindertagen träumte sie doch von nichts anderem, als an Michaels Seite Brückenwirtin zu sein. Und durch nichts war sie zu bewegen, diesen alten Traum zu begraben. Anna war nicht für den Verzicht geschaffen, im Gegensatz zu Maria, die nie haben wollte, was sie nicht haben durfte, weil es eben nicht sein konnte.

Und Michael sah sie nicht. An all ihrem Eifer ging er vorüber. Mit Erschrecken stellte man beim Brückenwirt fest, daß der Erbe immer öfter nach der Flasche griff, denn niemand konnte sich denken, welchen Kummer er mit seiner Trinkerei ersäufen wollte …

Dann war Schützenball im Brückenwirtshaus,

und Auguste genehmigte mit Ach und Krach, daß Anna bei „denen drüben" aushelfen durfte. Im großen Festsaal bediente sie, während Michael hinter der Schank arbeitete und dabei sein bester Gast war. Der junge Brückner vertrug eine ganze Menge. Neben dem Bier nahm er noch ein paar Schnäpse. Wußte Michael doch, daß ihm der Alkohol das Denken ersparte. Ganz leicht wurde ihm der Sinn im Rausch. Fort waren sie, diese quälenden Sorgen und Gedanken, die sich mit dem Namen Maria verbanden. Dann verstand er es schon einmal, laut und herzlich zu lachen. Doch scheinbar herzlich nur und wohl auch überlaut. Alles Laute brachte das Rufen im Herzen zum Schweigen.

Anna wirbelte an den Schank und wieder in den Saal hinein. Blitzfröhlich waren ihre Augen, und der Rock umschmeichelte beim Gehen die braungebrannten und wohlgeformten Waden.

„Geh", sagte sie schließlich zu Michael. „Laß uns doch einmal miteinander tanzen!"

„Nein, nein, ich tanz doch nit ..."

Aber es half ihm nichts. Sie zerrte ihn auf die Tanzfläche, nahm ihn fast herrisch in ihren Arm und drehte sich mit ihm im Kreis, bis er von weißen Nebeln umfangen nur noch zu taumeln vermochte. Da war die Wärme ihrer Haut, der Duft ihres Haars. Da war eben einfach das Weib, namenlos, nur körperlich zugegen, und es drängte zu ihm, dem Mann, auch namenlos, ohne Liebe, nur der zwingenden Natur wegen, die mit aller Macht aus den umnebelnden Gedanken heraufdrängte und ihr Recht forderte.

Da war die Kammer in der Nacht, ein kurzer Rausch, ein Recht erheischend, schnell bekommend, und ein tiefer, traumloser Schlaf. Als Michael erwachte, lag Anna schlummernd an seiner Seite. Heiß erschrocken fuhr der junge Mann in die Höhe.

Oh Gott, nicht das! Nicht so, so einfach, ohne Liebe, nur aus dem Zwang heraus, dem der Rausch die Kontrolle geraubt hatte. O nein, nicht so …

Sie begrüßte ihn mit einem Kuß auf die Wange, sprang nackt aus dem Bett und hatte keine Scham. Wie sollte sie die auch haben können nach dieser Nacht?

Und dann plauderte sie. Sie sprach von Hochzeit, vom gemeinsamen Schaffen und von Kindern. Sie sprach von einer Selbstverständlichkeit. Und Michael saß im Bett und schaute sie nur an, wortlos und wie gelähmt.

„Nun geh!" sagte Anna gleichmütig. „Sagen wir es heute gleich, oder? Man weiß ja nit, was geschehen ist, verstehst du? Ach, so glücklich bin ich, Michael!"

Sie umarmte ihn, und er blieb starr, blickte über ihre nackte Schulter hinweg zum Fensterviereck, das nur mit blauem Himmel ausgefüllt war. Und dort stand, wie damals, eine sonderbar geformte

Wolke. Nur, daß er nicht drunten lag im Kastaniengarten, sondern hier im Bett saß und sein Inneres wie einen Eisklumpen empfand. Es kam ihm vor, als wäre er gestorben in jenen Minuten, in denen Anna zu leben begann. Und aus diesem Gestorbensein gab's kein Zurück mehr ins Leben. Für ein Nein war er zu feige, und wozu auch? Ein Nein würde ihm Maria nicht gebracht haben. Doch dafür Kummer und Lamentiererei.

In der Bachlischen Wirtstube wurde gestritten, daß es „die Sau grauste“, wie man es in den Dörfern zu bezeichnen pflegte.

„Nit einen Nagel, nit einen Tellerscherben“, schrie Auguste. „Soll sie gehn. Kriegen tut sie nix wie vom Hund den Haufen!“

„Wir werden's dir schon sagen!“ keifte die Brücknerin zurück. „Das, was von deinem Alten ist, mußt ihr auszahlen, sonst geht es auf das Gericht, du wurmstichige Bachschaufel!“

„Ja, dir werd ich's in den Rachen schmeißen, dir gierigen Zuchtel. Lieber schmeiß ich's in die Wildegg, da seh ich's wenigstens noch schwimmen ...“

„Eine Ruh ist!“ donnerte der Brückenwirt dazwischen. „Entweder du übergibst deiner Anna nach der Hochzeit, wie sich's gehört, und wir machen ein Betten aus aus der Wirtschaft. Du kannst ja die Austragskammern überm alten Stall haben.“

„Bin ich ein Viech, ha?“ plärrte Auguste.

„Entweder du übergibst“, sagte der Brückner stählern, „oder Anna nimmt ihren Erbschein, geht auf das Gericht und läßt dich exekutieren. Es wär' mir Wurscht, wo du's hernimmst. So ist die Sachlag ...“

„Damit du's weißt“, geiferte Albertine

„Und du hältst jetzt auch dein Maul“, sagte Georg Brückner ganz trocken zu seiner Ehehälfte. „Oder ich gib einer jeden von euch eine Bratpfanne, und da könnts ihr euch gegenseitig damit erschlagen, damit eine Ruh ist mit euch Weibsbildern. Aus und fertig!“

Blicke wurden getauscht mit wildrollenden Augen. Die Finger begannen zu zucken, und Fäuste wurden geballt. Aber die Lippen blieben strichschmal zusammengepreßt.

Und es kam, wie es kommen mußte: Auguste wollte freiwillig „keinen Nagel oder Tellerscherben“ herausrücken. Aber das Gericht verfügte, daß Anna der väterliche Erbteil nunmehr in Raten ausbezahlt werden mußte, woraufhin Albertine triumphierte. Sie konnte nicht umhin, ein paar Garstigkeiten über die brausende Wildegg hinüber ans andere Ufer zu plärren.

„Gekrochen wirst du noch kommen!“ schrie sie. „Aber dann ist es aus. Dann kannst du dein G'raffel niederbrennen und dich dazu, du saublödes Weibsbild.“

Ein Pfiff vom Wirt, und Albertine kehrte vom Ufer zurück.

„Ich hab's ihr gegeben!"

„Dir gib ich's auch, wenn du noch einmal hinüberplärrst. Kümmere dich um die Wirtschaft und halt's Maul. Basta!" sagte Brückner. Da schlich sie hinein ins Haus. War sie vorbei, ihre große Zeit?

★

In voller Blüte stand Marias Leben. Entfaltet hatte sich die Knospe, geöffnet hatte sich der Himmel und seinen reichen Segen über Maria und ihre Familie geschüttet. Kein Körnchen Unfrieden trübte das Glück.

So fern waren die vergangenen Tage. Alles war geprägt vom Jetzt und Heute. Es wurde getan, was eben zu tun war, zum Gedeih aller Dinge, von denen Marias Welt umgeben war.

Niemals würde Maria geglaubt haben, daß noch einmal ein solcher Blitz aus heiterem Himmel in ihr Leben hineinfahren könnte, wie es seinerzeit geschehen war, als Rosi aus dem Leben ging. Stets war das Leid an ihnen vorübergegangen, ohne sie mit seinem Atem zu streifen.

Fünf Jahre war Leonhard bereits, und Maria hatte dafür gesorgt, daß er einen Platz in der Vorschule bekam, denn das Buberl war ungeheuer wissensdurstig, und Maria wollte diese Eigenschaft nicht einfach versickern lassen. Leonhard lernte fleißig, hatte eine sehr leichte Auffassungsgabe und ein enormes Gespür für die Dinge.

In jenen Tagen waren Ferien. Großmutter und Großvater waren aus St. Gabriel zu Besuch gekommen, und der gemeinsame Enkel war der ganze Sonnenschein der beiden Alten. Leonhard fand seine helle Freude dran, den beiden Alten ein Fremdenführer zu sein. Nimmermüd zeigte er ihnen die Schönheiten der Umgebung. Und natürlich auch seinen größten Stolz: ein kleines Pony, das ihm von den Eltern zum fünften Geburtstag geschenkt worden war. Maria hatte gemeint, es könnte nicht schaden, dem Buben eine gewisse Verantwortung über ein lebendes Wesen zu übertragen, wenn auch diese Verantwortung noch der Überwachung bedurfte.

Nachmittag war es, und der Bub spielte hinter dem Haus. Dort befand sich die Rampe, zu der die Lieferanten hinfuhren, damit die Gäste auf der Terrasse nicht gestört wurden. Dort lag auch das Büro, in dem an jenem Nachmittag Johannes an der Rechenmaschine saß und nebenbei mit einem Lieferanten verhandelte.

Maria hatte in einem der Gästezimmer zu tun. Es hatte eine Beschwerde gegeben, der sie selbst nachgehen wollte. Leonhard Lippl und auch Lena Dorner ruhten in Liegestühlen an der schattigen Ostseite im Hotelgarten aus und dösten vor sich hin.

Gedankenverloren blickte die junge Frau aus dem Fenster. Der Wasserhahn tropfte tatsächlich, und Maria nahm sich vor, gleich den Handwerker anzurufen.

Ein bissel abschüssig war die Rampe zum Haus hingeneigt. Der Lastwagen des Lieferanten stand ein paar Meter oberhalb. Vorhin war bereits ausgeladen worden, und der Fahrer mußte sich noch im Büro befinden.

Täuschten Maria die Sinne? Oder bewegte sich der schwere Lastwagen rückwärts auf die Rampe zu. Sonnengeflimmer über den Schatten, ein Wischer über die Augen. Der Bub, um Gottes willen, dort spielte der Bub. Und das Auto! Ja, es rollte – langsam, schob …

„Johannes!" schrie Maria gell aus dem Fenster. „Johannes, der Bub – das Auto. Alle Heiligen, Johannes …"

Sie sah ihren Mann aus der Hintertür jagen. Nur einen kurzen Blick warf er nach oben, denn schon schien er die Situation überblickt zu haben. Nur noch ein paar Meter trennten das schwere Gefährt mit seinen häßlichen, großen Reifen vom Körper des arglos spielenden Kindes.

Ein Sprung von der Rampe, und Johannes versetzte seinem Sohn einen Stoß, der ihn in die Wiese kollern ließ.

Aber dann …

Johannes blieb mit seiner Jacke an den Griffen der Ladeklappe hängen, zerrte, riß, und Maria sah sein Gesicht, sah die weit aufgerissenen Augen in den wenigen Lidschlägen dieser Gefangenschaft. Verzweiflung – stumm – nur schreiend mit den Augen.

Und dann war Johannes' Gesicht so reglos, so starr, und der schwere Wagen war an der Betonrampe zum Stehen gekommen. Und dazwischen Johannes! Das Kind, drüben in der Wiese, leise weinend.

Dann ein Schrei, den Maria tat, ein Schrei, als habe ihr jemand einen glühenden Stahl ins Herz gebohrt. Und dann kam die Nacht. Eine Nacht ohne jeden Stern …

★

Viele Tage waren vergangen. Wie viele genau? Maria wußte es nicht. Dünner und dünner war halt der Kalender geworden, und das Leben lag unter den Pfingstrosen auf dem Kirchhof zu Hochbrunn.

Nimmermehr trennen? Nimmer voneinander gehen?

Heiß brannte die Erinnerung in den Augen, wälzte sich immer wieder aufs neue in der Kehle hoch und kehrte mit jedem Streicheln übers blonde Bubenhaar zurück.

Ja, und dann war sie es, die dort stand und auf die Pfingstrosen starrte, die alle Jahre erblühten. Manchmal kam ein Frauenkäferl, rastete aus und flog wieder in die Zeit hinein. Nichts war festzuhalten gewesen. Nur geliehen auf eine Zeit. Aber gehabt, gewesen. Jedoch gelebt? Nur halb gelebt vielleicht? Oder war es das Ganze gewesen? Nein, noch war die Zeit nicht vorbei. Noch gab es den Lenz, den Sommer, das Jahr und die Zeit. Und wo immer Maria ihren Mann vielleicht doch nicht so ganz verstanden hatte, verstand sie ihn nun, da sie selbst vor diesem Grabe stand.

Auch verstand sie, daß er damals so gewesen war, so seltsam antriebslos und ohne Elan. Nur eine Zeitlang war sie es. Länger konnte sich die junge Hoteliersfrau nicht treiben lassen. Da war das Geschäft, und dort war der Junge, der nun ihrer ganz besonderen Fürsorge bedurfte, denn der Bub war über sein Alter hinaus und hatte begriffen, was mit dem Vater geschehen war. Dies machte alles ganz besonders schwer.

★

Zwei Jahre später ging Leonhard Lippl aus der Welt fort, von Lena tief betrauert. Nein, fort hatte er nimmer gewollt, von seinem „Ruh aus", und so wollte Lena etwas behalten.

Maria war ruhig genug, mit ihrem Sohn in die Heimat zu reisen. Daß Michael Brückner die Bachl-Anna genommen hatte, wußte Maria. Über die Ehe wußte sie nichts, und es hatte sie auch nie sonderlich interessiert. Anna Bachl hatte ihren Willen bekommen und war Brückenwirtin geworden. So hatte es eben sein müssen, und Maria sah keinen Grund, dem Schwiegervater nicht die letzte Ehre zu erweisen. Es nicht zu tun, wäre Feigheit vor dem Leben gewesen. So dachte Maria.

Die Ankunft der Hotelierin war eine Ereignis in St. Gabriel. Zwar war Lena nie eine Aufschneiderin gewesen. Aber sie war halt doch nicht umhin gekommen, der einen oder anderen Nachbarin eine der schönen Ansichtskarten zu zeigen, die es vom Hotel „Edelweiß" gab. Auch die Brückenwirts hatten diese zu Gesicht bekommen.

„Gottlob, daß es so weit weg ist", hatte Albertine gesagt. „Wär es hier in der Nähe, dann tät uns ein solcher Komplex fertigmachen!" Ihre Ehrlichkeit war auch nur deshalb so groß, weil sie wußte, daß dieser „Komplex", wie sie es nannte, keine Gefahr für den Brückenwirt bedeutete.

Am Tag des Begräbnisses zog Michael Brückner seinen dunklen Anzug an. Legte den Binder um und machte sich ausgehfertig.

„Sag bloß, du willst auf das Begräbnis?" fragte Anna. Sie hatte sich verändert. Gleich nachdem sie Brückenwirtin geworden war, hatte sie sich gehenlassen. Um die feine Dame spielen zu können, war nicht genug Geld da. Das Geschäft lief halt zusehends schlechter. Albertine ließ auch nach. Ihre körperlichen Kräfte erlahmten, denn die Frau hatte sich ausgepumpt für jeden Schilling. Und nicht viel war geblieben. Wie Sand rann es durch die Finger. Und alles Plärren half nichts.

„Gib mir Antwort, wenn ich dich etwas frag!" herrschte Anna ihren Mann an. Sie hatte längst den kläffenden Ton ihrer Schwiegermutter übernommen und stritt auch weidlich oft mit ihr. Da blieb keine der anderen etwas schuldig.

„Ja, ich gehe auf die Beerdigung", sagte Michael.

„Was tust du denn dort?" schimpfte Anna und wischte über das fettige, strähnige Haar. „Was gehen uns diese Leut denn an, ha? Wir haben nie etwas mit ihnen zu schaffen gehabt!"

„Alle gehen hin."

„Wir sind nit alle", keifte Anna. „Wir sind die Brückenwirts."

„Die Brückenwirts", wiederholte er ein wenig mit spöttischem Selbstmitleid und lauschte dann der eigenen Stimme nach. „Dann schau einmal in den Spiegel, Anna. Das ist die Brückenwirtin ..."

„Jetzt weiß ich's!" zischte sie plötzlich. Sie nahm die Schnapsflasche von der Schank und goß mit zittrigen Fingern ein Glas ein. Ja, immer wenn sie nicht weiter wußte, dann trank sie. Er hingegen hatte diesen trügerischen Krückstock damals weggeworfen. Und Anna hob ihn auf ...

„Gar nichts weißt du", sagte Michael verächtlich zu seiner Frau. Aus der Tatsache, daß er einfach außerstande war, sie zu lieben, hatte er nie einen Hehl gemacht. Und das überwand Anna einfach nicht. Jener Rat, den ihr damals die Schwiegermutter gegeben hatte, Michael bei passender Gelegenheit betrunken ins Bett zu zerren, war ein schlechter Rat gewesen, der keine Früchte tragen konnte. Kinderlos blieb die Ehe, denn Michael lag neben seiner Frau wie ein Fremder.

„Wegen ihr gehst du hin!"

„Wen meinst du?"

„Stell dich nit deppert!" schrie Anna, wobei ihre Augen funkelten. Sie schüttete den scharfen Schnaps wie Wasser in sich hinein und atmete dann schwer. Keuchend blickte sie Michael an. „Wegen dieser Maria gehst du hin. Ja, wegen ihr allein. Sie geht dir nit aus dem Hirn, die schwarze Hex. Und Witwe ist sie auch noch ..."

„Aber ich bin kein Witwer", sagte er.

„Das tät dir raushängen, ha?" zischte Anna. „Da brennst du dich aber, mein Lieber. Ich bin kerngesund und tu dir den Gefallen nit. Das Maul wird dir sauber bleiben, hörst?"

„Geh weg, Anna", sagte er angewidert, denn die Fahne wehte aus ihrem Mund in sein Gesieht.

„Aber – aber ich bin deine Frau!" schrie sie, wobei ihre Augen ganz naß wurden. „Ich hab – hab doch ein Recht auf Liebe." Und da hing sie an seinem Hals. Ihre Lippen suchten seinen Mund, aber der Mann wurde von Übelkeit gewürgt. Vergeblich versuchte er, sich aus ihrer Umklammerung zu befreien. Anna war wie eine

Klette. Erbarmungswürdig und erbarmungslos zugleich war sie.

„Anna, Anna, laß mich doch ...", stammelte er, immer wieder ihren fordernden Lippen ausweichend. Und dann stieß er sie zurück und ging fluchtartig. Da nahm sie die Flasche und schleuderte sie gegen die Tür, die sich hinter ihm geschlossen hatte.

„Das besoffene Weibsmensch schlägt alles zusammen!" kreischte die Brückenwirtin drüben in der Küche. Da rannte Anna nach oben und warf sich auf das Bett. Hilfloses Schluchzen rüttelte ihre Schultern. Durfte sie denn nichts haben von all dem, was sie sich gewünscht hatte? War es zu viel gewesen?

Michael ging tatsächlich wegen Maria zum Kirchhof. Und dann sah er sie nach Jahren wieder. Schön und demütig wie eine Heilige stand sie dort am Grab.

Und dann trafen ihre Augen einander. Ein ruhiger, klarer Blick war es, den sie zu ihm herüberschickte. Nein, kein Erschrecken war darin. Eine Begegnung ohne Leidenschaft, welches nicht erahnen ließ, was hinter Marias Stirn vorging.

Am Ausgang grüßte er sie.

„Grüß dich auch, Michael", antwortete sie und sah ihn fest an. Er konnte diesem Blick nicht standhalten.

„Geht es – dir gut?"

„Oh ja, vielen Dank", antwortete sie mit einem freundlichen Lächeln. „Beklagen kann ich mich nicht, Michael. Aber du mußt nun entschuldigen. Mutter fühlt sich nicht besonders wohl. Sie hat sich halt doch sehr aufgeregt."

„Besuchst du uns einmal im Wirtshaus?" Bang kam seine Frage und so scheu und demütig wie die eines Kindes. So bittelnd und bettelnd.

„Ich glaube nicht", antwortete Maria nach einer Weile. „Ich werde schon morgen mit Mutter wieder abreisen. Alles Gute für dich und die Deinen!"

„Danke, Maria", würgte er heraus und blieb zurück. Wie gedemütigt stand er dort. Maria hastete mit dem Buben und der Mutter davon.

Wie zog es ihr alles da drinnen zusammen! Wie gern wäre sie hingelaufen und hätte seine Hände an ihre Wangen gelegt. Ja, sie wußte, daß sie ihn nicht vergessen hatte. Er hielt das Teil von ihr noch immer in den Händen, und sie hatte das Frauenkäferl, das er ihr damals geschenkt hatte. Doch war es halt fortgeflogen, hinein in die Zeit oder hinauf in den Himmel. Und von dort, so sagt man ja, gibt's keine Wiederkehr.

★

Leonhard war ein großer, schlanker Bursch geworden. Das Ebenbild seines Vaters, und seiner Mutter ganzer Stolz.

„Ja“, sagte Maria sinnend und drehte ihr Weinglasl in den Händen. „Heut bist du volljährig, Bub. Mei, wie wäre dein Vater stolz auf dich gewesen, hätte er es erleben dürfen.“

„Ich hab ihm mein Leben zu verdanken, Mutter“, sagte Leonhard ernst. „Er ist doch für mich gestorben, damals?“

Maria nickte.

„Ja, es war so“, erklärte sie nachdenklich. „Aber es war ein Unglück eben. Doch wollen wir heute nimmer drüber reden, Bub. Es ist so lange her.“

„Aber du hast es nicht vergessen?“

Stumm schüttelte Maria den Kopf. Sie hatte schon ein paar graue Fäden im Haar, die der Bub lachend entdeckt hatte. Noch war sie nicht vierzig. Noch ein Jahr war es hin. Und sie fühlte sich sehr jung. Ihr Leben verlief in zufriedenen Bahnen. Vorbei war der Drang früher Jugend, das Hasten des Erlebens. Die Ruhe war da, verbunden mit einer schönen Ausgeglichenheit.

Leonhard hatte sich frühzeitig für den elterlichen Betrieb interessiert und war seiner Mutter schon in jungen Jahren eine große Hilfe. Fast alle Aufgaben konnte sie ihm nun schon bedenkenlos übertragen, wobei sie jedoch die Entscheidende und Beratende blieb, auf die der junge Lippl halt doch nicht ganz verzichten konnte. Doch Maria wußte, er würde ein guter Hotelier sein, den Namen des Hauses in Ehren bewahren und den Betrieb so führen, wie es in Marias Sinn war, und wie es sich wohl auch Johannes gewünscht hätte.

Ein weiteres Jahr darauf übertrug sie ihm noch mehr Verantwortung, die Leonhard freudig und bereitwillig übernahm.

„Gönn dir ein bissel Zeit für dich, Mutterl", pflegte er zu sagen und drückte sie in seinen starken Armen. „Hast doch geschafft und geschunden ..."

„Jetzt geh aber weiter", mußte Maria protestieren. „Willst mich am End gar ins ‚Ruh aus' nach St. Gabriel verbannen? Nein, mein Lieber, gar so weit sind wir noch nit. Hast noch später Zeit, den Herrn zu spielen!"

Er wußte, wie diese Worte gemeint waren und lachte darüber. Dann jedoch kamen wieder ernstere Tage.

Es ging Lena nicht sehr gut. Nun meldeten sich halt doch die Beschwerden des Alters. Das Vermieten hatte Lena schon vor Jahren aufgeben müssen. Dort, daheim, fehlte ihr der liebe Freund. Aber fort wollte Lena auch nicht, und Maria konnte es irgendwie verstehen. Dem alten Baum reißt man die Wurzeln nimmer aus dem Boden der Heimat.

So reiste Maria halt zum „alten Baum", denn sie ließ kaum Sorge in Hochbrunn zurück. Leonhard sorgte für alles, und Maria konnte sich auf den Sohn verlassen. Außerdem war sie nicht aus der Welt. Schon vor längerer Zeit hatte sie Telefon ins „Ruh aus“ installieren lassen, um mit Lena plaudern zu können. Und für die Dornerin war dieses Telefon eine recht angenehme Einrichtung. Wann immer ihr danach zumute war, konnte sie sich den Klang von Marias Stimme ins Haus holen und die Einsamkeit damit vertreiben.

Aber nun war Maria ja da, und sie saß zusammen mit der Mutter im Apfelgarten. Noch regnete es keinen Blütenschnee. Die Apfelblüte ging gerade vom Rosa ins Weiß hinüber, und ein Gesumme und Gewimmel von Bienen war.

Die feinen Porzellantassen und die Silberlöffel gab es noch, und der Kaffee duftete wie damals. Maria lehnte sich behaglich zurück in den laulinden Lenzsonnenschein. Droben am Himmel flogen die Schwalben hoch, und die mächtigen Gipfel trugen noch weiße Krusten. Auch der Wald hoch droben zeigte noch scheinbar bezuckerte Tannen und Fichten, wogegen auf den Wiesen die Trollblumen wie gelbe Rosen aus dem satten Grün leuchteten.

„So schön wie daheim ist's nirgendwo“, sagte Maria versonnen. „Es ist eine andere Sonn, Mutter, und doch die allergleiche. Ich denk, ich werd später wieder hier wohnen.“

„Das ist fein“, sagte Lena zittrig. „Hab schon viele Male gedacht, daß du mir's Häusl gar in fremde Händ geben würdest, wenn ich einmal drüben beim Lippl bin ...“

„Aber Mutter, das darfst du nit denken“, sagte Maria entrüstet. „Es ist mein Vaterhaus, und es wird auch einmal mein ‚Ruh aus‘ sein, so Gott will.“

Nachdem Maria eine Woche die schönen Tage genossen hatte, kam es zu einem häßlichen Ereignis. Maria deckte wie gewöhnlich für den Nachmittag den Tisch im Apfelgarten, um damit der liebgewordenen Gewohnheit zu frönen, als ein dunkler Schatten am Zaun stand.

Eine schlampig gekleidete Frau in schmuddliger, fleckiger Kittelschürze, mit häßlichem vorgeschobenem Leib, aufgedunsenem Gesicht und ungepflegtem Haar. Eine Fremde, eine Unbekannte für Maria.

„Na, da bist ja wieder, du Hex, du schwarze! Brückenwirtin bin ich, hah, hah. Nix war's, ha?“

„Anna ...“, stammelte Maria, von schierem Entsetzen gebeutelt. Sie ging ein paar Schritte auf den Zaun zu. „Um Gottes willen, Anna ...“

„Spar dir's Mitleid“, sagte Anna herb. „Hau wieder ab. Mach dich durch. Was willst du hier? Du ... du ...“ Und da sank die Gestalt langsam in sich zusammen.

Hastig lief Maria hinaus und kauerte nieder.

„Anna“, sagte sie und hob den Kopf der Frau. Glasige Augen, Dunst von Alkohol, und dann ein wehleidig verzogener Mund, der mühsam Worte zu formen versuchte.

„Gell, Maria, du – du nimmst ihn mir nit fort –

meinen Mann? Er ist doch mein Mann, und ich – ich bin die Brückenwirtin. Nimm ihn mir nit, Maria …" Tränen rollten aus diesen Augen.

Oh Gott im Himmel, fragte Maria, was hast du getan? Was hast du angerichtet?

„Sei ruhig, Anna, ganz ruhig. Nix nehm ich dir, gar nix."

„Einen Schnaps?" krächzte Anna. „Einen Schnaps von euerem Ladele, bitte …"

„O Gott", flüsterte Maria, denn sie erkannte, daß Anna keinen Begriff der Zeit mehr zu haben schien, sonst hätte sie ja wissen müssen, daß es den Dornerschen Laden schon lange nicht mehr gab. „Sei ganz ruhig, Anna, ich werde Hilfe holen."

„Man kann ihr nit viel helfen!"

Plötzlich war Michael da. Sein Gesicht war ganz weiß.

„Geh weg!" schrie Anna. „Geh weg, ich hasse dich."

„Nimm Vernunft an, Anna …"

„Mach dich dahin!" krächzte sie und krabbelte hoch. Sie kroch ein Stückl am Gartenzaun entlang, versuchte, sich dran hochzurappeln und sackte immer wieder in sich zusammen.

„So tu doch etwas!" rief Maria schließlich. „Da muß man doch etwas tun …"

Michael nahm seine Frau wie einen Mehlsack auf die Schultern und trug sie über die Brücke ins Wirtshaus. Maria stand wie gelähmt. Ganz weiß war ihr Gesicht. Nein, sie vermochte das einfach nicht zu fassen.

Wenig später kam Lena heraus und trug die Kaffeekanne zum Tisch. Nun rieselte der Apfelblütenschnee, und es war ganz still im Garten. Selbst die Vögel schienen verstummt.

„Mutter", begann Maria nachdenklich zu fragen. „Seit wann trinkt Anna, die Frau vom Brückner-Michael?"

„Trinken?" fragte Lena und goß den Kaffee ein. „Sie säuft, Madl. Gott weiß wie lange schon. Manchmal verschwindet sie, und sie müssen sie betrunken aus irgendeinem Wirtshaus abholen. Oder sie liegt im Straßendreck. Ja, die haben ihr Kreuz mit der Anna. Der alte Brückner hat ja einen Schlaganfall gehabt und liegt seither im Bett, und Albertine muß es mit dem Herz haben, sagen die Leut. Es ist ein Elend da drüben!"

„O mein Gott, daß es so schlimm ist?"

„Ja, sie haben alleweil hoch hinaus wollen, die Brückenwirts", sagte Lena. „Je höher eines kommt, um so tiefer fällt es, wenn es nit Obacht gibt. Manchmal haben sie Anna auch schon eingesperrt. Aber sie hat ihnen alles kurz und klein geschlagen."

„Und die Gäste?" fragte Maria entsetzt. „Was sagen denn die Gäste dazu?"

„Es gibt keine Gäste mehr", erzählte Lena. „Ein paar Bauern aus dem Dorf gehen manchmal noch hin. Doch nur noch die Alten. Anna streitet mit jedem, und sie treiben ihren Spaß mit Anna. Dann spielt sie ‚vornehme Brückenwirtin' und tanzt auf dem Tisch, sagen die Leut."

Maria blickte hinüber zu diesem Haus. Ja, sonderbar still war es dort. Im Kastaniengarten standen keine Tische und keine Stühle mehr. Das fiel Maria erst jetzt auf. Vorher hatte sie nicht darauf geachtet. Das kalte, nackte Grauen schien dort drüben zu wohnen, und Maria Lippl zog trotz der frühlingshaften Wärme fröstelnd die Schultern zusammen.

★

Einige Tage später ging Maria auf den Kirchhof. Dort gab es ja das Grab des lange schon verstorbenen Vaters. Und nunmehr ruhte auch der Schwiegervater dort endgültig aus. Sauber und ordentlich waren diese beiden Gräber, die allerdings in verschiedenen Winkeln des Gattesakkers lagen.

Drüben, auf der anderen Seite, befand sich Rosis Grab. Maria zögerte lange. Doch dann machte sie sich auf den Weg dorthin. Sie zuckte erschrokken zusammen, denn sie sah dort eine Gestalt stehen. Nein, es war nicht Michael, wie sie auf den allerersten Blick befürchtet hatte, denn ihn hätte sie sofort erkannt.

Schließlich trat sie doch hinzu.

„Ja, Gustl", sagte sie, als sie den Freund aus Jugendtagen erkannte. Er wirkte sehr gealtert, hatte bereits eine Stirnglatze und drehte verlegen seinen Hut in den Händen. „Kennst mich denn nimmer? Ich bin es, die Dorner-Maria?"

Er hielt den Kopf ein bissel schräg und lauschte, als würde er einem Vogel zuhören. Seine wäßrigen Augen blickten sie an. Aber er schien Maria nicht zu verstehen.

„Ich komm immer", sagte er krächzend. „Immer bring ich Blumen, und sie sagt, es geht ihr gut!"

„Ja, Gustl, ja", flüsterte Maria, denn sie erkannte, daß der Mann wohl nicht mehr richtig bei sich war. Auf dem Hügel lagen ein paar Wiesenblumen. Nein, kein Strauß, sondern ein paar Blüten, wie achtlos am Wegrain abgerissen mit ein paar Gräsern dazwischen. So eben, wie ein Kind einen Blumenstrauß pflückt.

„Gesagt hat sie es, und ich hab's gemacht, das Feuer. Brennt hat es zum Himmel nauf, alles ist verbrannt, alles …"

Und dann tappte er weg. Seine Schritte verklangen auf dem Kiesweg. Maria neigte sich herunter und riß das Unkraut aus, als sie wieder Schritte hörte. Schritte, die sie nun lähmten. Sie sah nicht hoch. Feurige Röte schoß ihr unter den Haarwurzeln hervor, und ganz hastig rupfte sie weiter, tat so, als würde sie nichts hören und nichts sehen.

„Maria!"

Ein Name. Ein Gebet oder auch ein Lied.

Da stand sie auf und streifte die erdigen Hände an ihrer Schürze ab.

„Nicht ihretwegen hast du diesen Weg gemacht", sagte sie vorwurfsvoll. „Meinetwegen bist du gekommen. Warum läufst du mir nach?"

„Ich – ich weiß es nit", sagte er bekümmert. „Halt reden hab ich mit dir wollen. Nur so."

„Nur so", sagte sie und ging langsam dem Ausgang zu. Sie ging wie eine Spaziergängerin mit viel Zeit, ging wie eine, die das Leben gelebt hatte. „Warum sagst du es mir nicht? Über deinen Kummer, über die Sorgen willst du mit mir sprechen. Du erhoffst dir Hilfe von mir. Aber ich fürchte, ich kann dir wenig helfen."

„Anna trinkt!" schrie er.

„Ich weiß", gab Maria ruhig zur Antwort. „Sie wird einen Grund haben. Vielleicht hast du ihr zu wenig Liebe gegeben."

„Ich habe Anna nie geliebt!"

„Dann war es ein Verbrechen, sie zu heiraten", urteilte Maria hart. „Dann hast du ihr Leben zerstört, denn ohne Liebe kann ein Mensch nicht leben."

„Hast du Liebe gehabt?"

„Ja, ich habe Liebe gehabt", antwortete sie. „Das Leben hat mich reich beschenkt. Ich habe einen tüchtigen Sohn und hatte einen prächtigen Mann."

„Und ich?“ schrie er wehwund. „Hatte ich nie Platz in dir?“

„Ach, Michael, wenn du wüßtest“, sagte sie lächelnd. Erste, zarte Fältchen spielten um ihren Mund. „Vergessen habe ich es nie. Du bist deinen Weg gegangen, und ich den meinigen. Es waren nun einmal verschiedene Wege, und dabei müssen wir es gut sein lassen.“

„Wie du das sagst!“ stammelte Michael fassungslos. „Du sagst es so, als wäre unser beider Leben an seinem Ende angelangt.“

Maria lachte leise.

„Oh nein“, meinte sie kopfschüttelnd. „So sage ich es nicht. Ich sage halt nur, daß man nicht gegen den Strom schwimmen kann, weil man die Kraft dazu nit hat. Und wenn man sie hat, dann auch nur eine Zeitlang, weißt du. Nun mußt du etwas tun, Michael!“

„Aber was?“ rief er gequält. „Ich hab doch nichts Schlechtes gewollt? Nein, ich wollte es niemals.“

„Das glaube ich dir sogar“, sagte Maria ernst. „Doch kann man das Gute der Unmöglichkeit nicht verlangen. Wenn man nur das im Auge hat, hernach wird es nie etwas Gutes sein. Ich hab halt das Gute der Möglichkeiten bekommen, damals. O ja, heute weiß ich, daß ich alles richtig gemacht habe. Aber jetzt ...?“

Sie sprach es nicht aus, daß sie heute und jetzt nicht mehr wußte, was gut und richtig war. Seine Situation berührte sie. Aber was sollte sie tun?

So wanderten sie ratlos die Dorfstraße hinunter und trennten sich an der Brücke. Sein Haar war noch grauer als das ihre. Die Schläfen waren silbern geworden, und um den Mund zogen sich tiefe Gramfurchen. Und Maria wußte, daß sie Michael nie mehr geliebt hatte, als in jenen Augenblicken. Doch es war etwas in ihr, was ihr Schweigen gebot.

„Wirst du wieder so bald abreisen?“ fragte er sie nun bittend, als sie ihm die Hand reichte.

„Ich glaube nicht“, antwortete sie. „Es drängt mich nichts mehr. Die Zeit der großen Pflichten ist vorüber, und ich darf nun ein wenig an mich selbst denken.“

An sich selbst denken! Daran dachte sie, als sie zum Krämerhäusl zurückkehrte. Was gab es für sich selbst zu tun?

Zwei Tage lang betrachtete sie drüben das Haus. Sie beobachtete es ganz genau. Dann nahm sie an einem kühlen, regnerischen Tag einfach das Fürtuch um die Schultern und ging hinüber. Sie betrat das Haus durch die Gaststube. Sie war leer und schmutzig.

Als sich Marias Augen an das Dämmer gewöhnt hatten, löste sich eine graue Gestalt aus dem Stubeneck. Es war die wankende Anna. Mit geröteten Augen wurde Maria angeblickt.

„Warum bist du gekommen?“ fragte sie. Ihre

Stimme klang gleichgültig. „Trinkst du einen mit?"

„Nein, ich trinke keinen mit", sagte Maria. „Ich will nur ein wenig Ordnung machen ..."

„Ordnung? In diesem – Saustall?"

„Ja", sagte Maria und betrachtete den Schmutz. Es waren Tage notwendig, um den gröbsten zu beseitigen. Anna hinderte Maria nicht daran, durch das Haus zu gehen.

Neben dem Holzkasten in der Küche hockte Albertine auf einem Stuhl. Ihr Gesicht war erschreckend hohlwangig und schneeweiß. Große, funkelnde Augen betrachteten Maria, folgten jeder Bewegung. Die Lippen, so schmal wie ein Strich, öffneten sich nicht. Und dann sah Albertine müde hinaus in den regenfeuchten Kastaniengarten. Vielleicht erinnerte sich die Frau an bessere Tage.

In einer der oberen Kammern fand sie den alten Brückner. Er lag in schmutzigem Bettzeug und lallte Maria an. Was er sagte, konnte sie nicht verstehen. Maria fühlte, wie ihr das Wasser in die Augen schoß. Diese Menschen brauchten Hilfe. Alle mitsamt.

Und Maria? Ja, die Maria tat einfach, was zu tun war: Sie kam täglich herüber und reinigte das Haus, Michael sah ihr stumm zu, und bisweilen forderte sie ihn auf, das eine oder andere zu tun. Sie ordnete an und befahl. Auch Anna sah nur zu. Sie tat es wie mit den Augen eines Kindes.

Manchmal zog sie spöttisch die Lippen hoch. Doch sie sagte nichts, und Maria wußte, daß es keinen Wert hatte, ihr das Trinken zu verbieten.

So bekamen die Kastanien ihre Igel, und drüben im Apfelgarten reiften die Früchte, von denen, wie alle Jahre, ein paar herabfielen und faulten, bevor sie reif zur Ernte waren.

Maria war einfach da – war allzeit gegenwärtig. Im Dorf wußte man es, und die ersten Gäste kehrten wieder. Nein, es ging alles nicht schnell. Schrittchen für Schrittchen tastete Maria sich voran.

„Bist du Hauserin?" wurde sie gefragt.

„Ja, Hauserin", antwortete sie schlicht und tat, was zu tun war.

An einem nebligen Oktobermorgen zogen sie Anna aus der Wildegg. Ihre eisigen Hände hielten die Flasche umklammert. Nachts mußte sie unbemerkt, wie schon oft, das Haus verlassen haben und in den eisigen Fluß gestürzt sein.

Maria ging zum Pfarrer und auf die Gemeinde. Niemand fragte sie, weshalb sie das tat. Sie tat es einfach, denn Michael schien zu nichts fähig. Er sah ihr nur zu, und sie schwieg. Bisweilen streifte ihn ein Blick des Vorwurfs, in welchem jedoch gleichzeitig ein gewisses Verständnis war.

Einmal fuhr Maria heim, um nach dem Rechten zu sehen. Leonhard enttäuschte seine Mutter nicht. Der Betrieb blühte, und die Frau nahm es mit lächelndem Herzen hin.

„Wahrscheinlich werde ich fortbleiben“, sagte sie zu ihrem Sohn.

„Aber warum denn?“

„Ach, ich werde es dir einmal erklären, Leonhard“, sagte sie. „Du wirst es einmal verstehen, wenn ich dir alles sage. Noch ist nit die Zeit.“

Im Jahr darauf begruben sie Albertine. Auf ihrem Küchenstuhl fand man sie, lautlos hinübergeglitten in die Ewigkeit. Und wenige Monate später ging auch Auguste Bachl.

„Wir werden ein Bettenhaus hineinmachen, irgendwann“, sagte Maria. Sie pflegte den alten Brückner, der ihr nimmer sagen konnte, was er empfand. Aber manchmal drückte er ihr die Hand, und das war ihr genug …

Das Bettenhaus stand, und im Kastaniengarten standen wieder Tische und Stühle. Die Meiers und Schulzes waren wieder gekommen und die Zeit über alles hinweggegangen. Glücklich lebte Lena Dorner ihre letzten Tage, bevor auch sie diese Welt verließ und drüben auf dem Kirchhof die ewige Ruhe fand.

An einem Sonnentag ging Maria mit Michael spazieren. Die Zeit des Ausruhens war gekommen. Drunten gab es wieder Personal. Der Betrieb lief.

Und dann standen sie am Wegkreuz nach Magdalenabrunn. Hell schien die Sonne vom Himmel, als Michael plötzlich vom Wege abging und mit einem kleinen Blütenkranz zurückkehrte. Ganz still stand diese Maria, als Michael ihr Haar schmückte.

„Weißt du", meinte er. „Der Ring, der schönste Ring ist vielleicht nicht so wichtig ..."

„Nein, Michael, das ist er nicht", sagte Maria und sah ihn an. In ihren Augen war alle Liebe, die sie sich hatte aufsparen müssen.

Und dann fühlte sie etwas in ihrem Gesicht. Ganz still hielt sie, als es Michael fortnahm. Ein Frauenkäferl war es. Es krabbelte von Michaels Hand auf die von Maria, pumpte mit den Flügeln und schwirrte dann hinauf in den hellen Sommerhimmel, hinein in die Zeit, dem Schicksal entgegen, welches nun seiner Krönung zuging an wilden Ufern ...

Der Engel vom Heiligenhof

Brutheiß war dieser Tag im August. Seit Wochen hatte es keinen Tropfen geregnet. Die Bauern von Riedwang und den umliegenden Dörfern bangten bereits um ihre Ernten. So war es auch beim Rainmoserbauern.

Dort klagte in der Küche die Rainmoser-Marie ihrer Magd das Leid.

„Wenn es nit bald regnet", jammerte die magere Bäuerin, „dann wird es heuer mit den Erdäpfeln nichts Gescheites mehr. Ausgerechnet in diesem Jahr haben wir ziemlich viel ausgelegt. Ach Gott, es ist ein Kreuz, wie man es auch macht, nie ist es richtig."

„Aber das Korn steht doch nit schlecht da?" meinte die Magd Anna Berger. Für ihre vierzig Jahre wirkte sie schon recht zusammengebuckelt, und einer, der um ihr wahres Alter nicht wußte, hätte ihr gut und gerne den Fünfziger gegeben und vielleicht noch ein bissel mehr.

„Schlecht steht es nit", gab die Rainmoserin zu. „Aber halt lauter kleine, magere Ähren. Es war einfach zu trocken. Ja, das Unkraut ist aufgeschossen. Das wächst halt bei einem jeden Wetter!"

Sie seufzte schwer, während die Bergerin den kochenden Schweinetrank aufrührte, der in einem mächtigen Topf auf dem Herd stand. Nun versuchte sie, diesen großen Topf ein wenig zur Seite zu zerren. Sie wollte die Ringe aus der Herdplatte nehmen, um das Feuer von oben zu schüren.

„Wart halt!" rief die Rainmoserin. „Ich helf dir doch ..."

Ein greller, schmerzerfüllter Schrei, und das Unglück war passiert! Als Anna Berger den Topf am eisernen Haken auf sich zurutschte, war er plötzlich gekippt ...

„Jesses, Maria und Josef!" flüsterte Marie Rainmoser im ersten Schreck hilflos. Wie gelähmt stand sie da. Und dort auf den steinernen Fliesen lag die treue Magd. Um sie herum stieg Dampf auf; der leere Topf war ein Stückl in die Küche hineingerollt und wiegte noch ein wenig hin und her.

„Zur Hilf!" schrie die Bäuerin schließlich gell. „Ja, ist denn keines da, was hilft? Alle Heiligen, den Doktor!"

Gerade in diesem Augenblick erstarrte unter der Küchentür ein Mädel mit dunklem Haar. Weit aufgerissen waren die braunen Augen, und das schmale, gebräunte Gesichtl hatte alle Farbe verloren.

„Mama ...“, stammelte Julia Berger erschrokken und entsetzt. Dann huschten hilflose Blicke über das weiße Gesicht der Rainmoserin. „Mamaaa!“ schrie Julia nun und stolperte heran. Tränen schossen ihr aus den Augen, als sie neben der leise stöhnenden Anna niedersank.

Man konnte das Gesicht nicht erkennen. Kartoffelreste, Brotbrocken und anderes Übriggebliebene dampfte über Gesicht und Oberkörper der verbrühten Magd. Das Ausmaß der Verletzungen war überhaupt nicht zu erkennen.

„Schnell, Julia“, haspelte Marie Rainmoser hervor. „Nimm das Fahrradl und hol den Doktor Bieswanger aus dem Dorf. Mach schon, mach rasch!“

„Aber ...?“

„Ich weiß schon, was ich machen muß!“ stieß Marie hervor und schob Julia zur Tür hin. Das Mädel drehte sich zögernd um. Furchtbar war das Entsetzen. Es schien allen Gedanken den Weg zu versperren.

Während Julia zum Schuppen rannte, um dort das Fahrrad zu holen, begann Marie damit, vorsichtig das Gesicht der Berger-Anna zu säubern. Die Frau war ohnmächtig geworden und mußte diese wohl entsetzlichen Schmerzen nicht ertragen.

„O Heiland im Himmel!“ flüsterte die Rainmoserin zutiefst ergriffen, denn es sah sehr schlimm aus. Wie sollte sie sich denn nun richtig verhalten? Hilflos blickte sie um sich. Schließlich holte sie einen Kübel kaltes Wasser und tauchte ein frisches, sauberes Leintuch zur Kühlung über das Gesicht. Mehr wußte sie im Augenblick nicht zu tun. Jakob Rainmoser, der Bauer, und die beiden Söhne Hannes und Martin waren auf den Feldern. Nein, es war niemand da, der ihr jetzt hätte beistehen können.

„Ich hätte ihr doch geholfen", jammerte Marie und rang die Hände. Im stillen überschüttete sie sich nun mit Selbstvorwürfen, wobei sie gleichzeitig wußte, daß ihr diese momentan auch nicht weiterhalfen.

Sie war eine fromme, gläubige Frau. Und so sank sie in die Knie und betete abwechselnd ein Vaterunser und ein Ave-Maria. Zwischendurch wechselte sie den kühlenden Umschlag.

Später wußte sie nicht mehr zu sagen, wieviel Zeit vergangen war, bis in der Feme das Martinshorn erscholl. Wieder schickte die Bäuerin ein Stoßgebet in den Himmel und rappelte sich dann auf, um in den Gang hinaus und dann an die offenstehende Haustür zu eilen.

Blendend weiß war die Helligkeit und brutheiß die Hitzewelle, die ihr entgegenschlug. Marie Rainmoser beschirmte mit zitternder Hand ihre Augen. Ja, über den schmalen, gewundenen Weg kamen zwei Autos herauf, die eine Staubwolke nach sich zogen. Ein weißer Krankenwagen und das kleine, klapprige Auto des

Dorfdoktors fuhren auf den Rainmoserhof zu.

„Gelobt sei Jesus Christus", stammelte Marie, so als sei die Magd nun aus aller Gefahr gerettet.

Dr. Bieswanger sprang aus seinem Auto und lief auf das Haus zu. Julia, die mit ihm gefahren war, folgte ihm nach.

„In der Kuchl!" rief sie weinend. Marie vermochte nur, mit der Hand kraftlos in den düsteren Hausgang zu weisen. Aus dem Sanitätsauto trugen zwei weißgekleidete Männer im Laufschritt eine Bahre ins Haus. Es ging alles sehr schnell.

„Nein, Julia, du bleibst da!" verfügte der Arzt streng. „Ich werde mit meinem Auto hinter dem Sanka herfahren. Du könntest jetzt im Spital für deine Mutter überhaupt nix tun. Es würde für dich nur eine Aufregung bedeuten …"

„Ich will aber mit!" beharrte Julia und wischte sich trotzig das Nasse aus den Augen. „Immerhin bin ich fast fünfzehn, und sie ist meine Mutter."

„Du wirst sie sicherlich bald besuchen können", tröstete der Doktor. „Jetzt hilfst du ihr überhaupt nicht. Ich komme ja nachher noch einmal vorbei. Dann kann ich auch mehr sagen. Bitte, sei jetzt vernünftig, Julia. Beweis damit, daß du fast fünfzehn bist!"

Das dunkelhaarige Madel senkte den Kopf. Ach Gott, schwer war es halt für die Berger-Julia, denn außer ihrer Mutter hatte sie keinen Menschen auf der Welt. Der Vater, der Holzschlager

Kilian Berger, war im Wald bei einem Unfall ums Leben gekommen, als Julia noch kein halbes Jahr alt gewesen war. Für Anna zerrann damals der Traum von einem Heim und einer Familie. Mit dem Kind am Halse hatte keiner mehr die Anna haben wollen, denn sie gehörte zu den Häuslersleuten, die so gut wie nichts mitzubringen hatten. So war Anna Berger seinerzeit als Magd auf den Rainmoserhof gekommen und hatte hier mit ihrem Madl einen Bleibe gefunden. Und geschafft hatte Anna für zwei Leute. Man konnte ihr nichts nachsagen. Und jetzt dies hier …

„Ob sie viel Schmerzen hat?" fragte Julia, nachdem der Krankenwagen und der Doktor weggefahren waren. Das Mädel ging nicht ins Haus. Zu schrecklich war jetzt der Anblick in der Küche.

„Ich – ich glaub's nit", würgte Marie heraus. „Sie war ja nit bei Besinnung. Im Spital werden sie ihr schon etwas gegen die Schmerzen geben. Mein Gott, wie hat es nur geschehen können? Warten hätte sie halt sollen. Aber alleweil hat sie gemeint, allein und ohne Hilf die Berge eben machen zu können!"

Nein, um Mithilfe hatte Anna wirklich nie gebeten. Klaglos waren auch die schwersten Arbeiten von ihr verrichtet worden. Still und fleißig hatte sie ihr Tagwerk verrichtet, mit einer unsäglichen Kraft, die keinen Lärm gemacht, jedoch allerorts gewirkt hatte.

Marie versuchte nun, die Tochter der Magd zu

trösten und alles ein wenig abzuschwächen, wenngleich sie ja selbst erkannt hatte, wie schlimm es in Wahrheit stand. Anna war in den letzten Jahren keine Schönheit mehr gewesen. Doch daran, wie ihr Antlitz nach diesem Unfall wohl aussehen würde, wagte die Rainmoserin überhaupt nicht zu denken.

Doch klugerweise sprach sie darüber mit Julia nicht. Sie redete von ein paar Brandblasen und davon, daß man gegen solche Verbrühungen heutzutage ja gute Salben hätte. Gewiß sei alles in ein paar Wochen wieder vergessen, und Anna würde bestimmt in Zukunft vorsichtiger sein, um nicht mehr ohne Hilfe einen solch großen Topf verrücken zu wollen. Doch wie schlimm es wirklich kommen sollte, ahnte die Rainmoser-Marie jetzt noch nicht, und sie selbst hatte sich das auch nie eingestanden.

★

Jakob Rainmoser war ein kräftiger, fast massiger Mann. Er hatte etwas lichtes Haar und helle, wachsame Augen, deren Blicken kaum etwas entging. Der Rainmoser war als scharfer Rechner bekannt. Man sagte ihm nach, daß er nicht zu den Leuten gehörte, die freiwillig etwas verschenkten. Andere gab es, die ihn als ausgesprochen geizig bezeichneten, dies jedoch nur hinter vorgehaltener Hand zu sagen wagten.

Als ihm Marie bei seiner Rückkehr vom Feld haspelnd von dem schlimmen Ereignis berichtete, zog Jakob im Hausgang in aller Seelenruhe seine Arbeitsstiefel aus.

„Es wird schon nit so schlimm sein", tat er ab. „Sie hätt halt aufpassen sollen, die Anna. Aber warum muß sie alleweil mit dem Kopf durch die Wand?"

Daraufhin schlurfte er in die Diele, setzte sich an den Tisch und griff nach der Zeitung. Unterdessen traten die Söhne ein. Hannes Rainmoser hatte das derbe Wesen des Vaters geerbt und glich ihm mit seinen fünfundzwanzig Jahren schon ziemlich. Er besaß das gleiche behäbige Wesen und dieselbe wortkarge, verschlossene Art.

Der knapp achtzehnjährige Martin hingegen wirkte etwas zarter, wenngleich man ihn nicht als einen Schwächling bezeichnen konnte. Er hatte blondes, krauses Haar und helle, fröhliche Augen. Sein Wesen war viel offener als das des Bruders. Doch nicht selten entwickelte der Zweitgeborene eine etwas träumerische Art, die dem alten Jakob gar nicht behagen wollte.

In der knappen freien Zeit hockte Martin hinten im alten Holzschuppen und schnitzte allerlei Figuren aus Lindenholz. Für Jakob Rainmoser war dies eine wenig sinnvolle Freizeitbeschäftigung. Er brabbelte und protzelte darüber herum, ließ den Jungen jedoch gewähren, zumal er die Mutter auf der Seite hatte, die ihren Jüngsten immer wieder in Schutz nahm. Hannes dagegen entwikkelte sich so ganz nach dem Geschmack des Alten: Er war auf jeder Festivität vertreten und zeigte den Mann von echtem Schrot und Korn. Einige Raufereien gingen auf sein Konto. Doch sich nichts bieten zu lassen, war eben bei einem kernigen Bauernburschen gerechtfertigt …

„Sie wird sich schon wieder fangen, die Anna", kommentierte Hannes und fragte Jakob, ob er ein Trumm von der Zeitung haben durfte. Dann saßen die beiden Männer im Ofeneck und studierten das Blatt, so als habe sich nichts Nennenswertes ereignet.

„Ja, was stehst noch umeinander, Marie?" grunzte Jakob. „Wir wollen unsere Jause. Und einen Mordsdurscht haben wir auch!"

„Ja, ja", holperte Marie zerfahren heraus, wischte sich voller Verlegenheit die Hände an der Schürze ab und ging dann hinaus in die Küche. Unter Tränen hatte sie vorhin aufgeräumt und geputzt und dabei immer nur an die arme, treue Anna denken müssen. Julia saß die ganze Zeit über draußen auf der Hausbank und starrte hinunter ins dunstige Tal.

„Ist es denn gar so arg?"

„Wie?" fragte die dunkle Julia abwesend und wandte den Kopf. Martin war zu ihr getreten. Nun setzte er sich neben sie auf die Bank und streckte die langen Beine von sich.

„Ich meine, ob es schlimm ist mit ihr?“ erkundigte er sich mit tiefer Betroffenheit in der Stimme.

„Wenn ich es doch noch nit weiß“, würgte Julia Berger hervor. Sie versuchte tapfer gegen die aufsteigenden Tränen anzukämpfen, denn neben dem Schreck quälte vor allem die Ungewißheit. „Ich – ich wart doch darauf, daß Doktor Bieswanger aus dem Spital zurückkommt. Er hat nach dem Spital noch einmal kommen wollen. Ach Gott, es ist doch schon so spät. Warum kommt er denn nicht?“

„Ja mei“, versuchte Martin mit einem tiefen Seufzer zu trösten. „Es dauert halt alles seine Zeit. Wer weiß, was sie alles machen, da drunten im Krankenhaus …“

Das hätte er vielleicht doch besser nicht gesagt, denn Julia blickte den Bauernsohn ganz erschrocken an.

„Um Gottes willen?“ fragte sie in kindlicher Naivität. „Sie werden sie doch am Ende nit operieren müssen, oder so etwas?“

„Nein, so mein ich es nit, Julia“, sagte Martin Rainmoser. „Aber sie haben doch heutzutage so viele Methoden, weißt. Das möchte ich damit sagen. Und wenn man etwas ganz gründlich und ordentlich machen will, dann dauert es halt seine Zeit. Nein, mach du dir nur keine Sorgen. Ich kann mir denken, daß man dort im Krankenhaus für deine Mutter alles tut, was man nur tun kann!“

Seine Worte hatten in Julias Ohren so fest und tröstend geklungen, daß die Tochter der Magd nun ein dankbares Lächeln fand. Ganz zart und behutsam griff Julia nach Martins Hand.

„Ich dank dir ganz schön, Martin", flüsterte sie. „Du bist der einzige, der so gut zu mir ist."

„Ach, geh weiter", wies er beinahe schroff zurück und entzog ihr gleichzeitig die Hand, wobei er sich scheu und betreten umblickte. „Sie sind alle gut zu dir. Der Vater und Hannes können es halt nit so zeigen. Sie sind anders als ich!"

„Das sind sie allerdings", murmelte Julia und dachte zurück. Mit Martin hatte sie von jeher ein viel besseres Verhältnis gehabt als mit Hannes. Der ältere Hofsohn hatte es Julia immer ganz deutlich fühlen lassen, daß er dereinst einmal der Herr im Hause sein würde. Überheblich und großspurig war Julia als Mägdekind immer von ihm geneckt und ins Abseits gedrängt worden.

Martin, der Stille dagegen, hatte sich oft genug vor der lauten Art des Bruders zusammen mit dem verträumten Mädel in die Einsamkeit der Wälder geflüchtet.

Unsagbar schön waren ihre Spiele damals gewesen, und an einem jeden neuen Tag entdeckten sie irgendwie und irgendwo neue Schätze. Ach, ein sonderbar gefärbter und außergewöhnlich geformter Stein war schon etwas Besonderes gewesen und hatte die Fantasie angeregt. Aus bizarren Felsen waren Schlösser und aus den dunkelgrünen Wäldern hohe, heilige Dome geworden. Und über allem wachte die damals noch unerreichbare Allmacht der majestätischen Berge, in deren Schatten diese beiden jungen Menschen allmählich herangewachsen waren …

Mit dem Nachmittag schien sich die weiße Sonnenscheibe zu vergrößern und gleichzeitig dunkler zu färben. Allmählich näherte sie sich den Waldhügeln, die draußen im Tal im Dunst verblauten. Von dort mußte der Doktor kommen, seine Nachricht zu überbringen. Wohl oder Weh würden wiederkehren aus der fernen und jetzt so unheimlichen Stadt am Innfluß.

Und dann! Ganz fern drunten an der Ache, wo ein Brückerl über sie hinweg dem Dörfl Riedwang zuführte, sah man eine aufmülmende Staubwolke. Zweifelsohne kam dort ein Auto. Nein, noch war es nicht heraus, welche Richtung es einschlagen würde. Gerade so gut wie zum Rainmoserhof, konnte es auch hinauf zum Beilwangergütl fahren wollen. Doch nein …

„Der Doktor", sagte Julia hastig und aufgeregt. Die Blässe ihres Gesichtes war nun einer flammenden Röte der Erregung gewichen. „Es ist der Doktor, Martin!"

Und dann gab es für Julia kein Halten nimmer. Sie sprang auf und lief in ihren einfachen Sandalen auf dem fuhrwerkbreiten, ungeteerten Weg dem heranrumpelnden Auto entgegen.

„Doktor Bieswanger!" rief sie und rannte neben dem Auto her. „So warten S' doch, Doktor Bieswanger!"

Nur noch wenige Meter, dann holperte der schon ältere Wagen des Landarztes in die Hofreut und hielt klappernd und schnaufend im Schatten der Scheune. Ach, schier eine Ewigkeit schien es zu dauern, bis der Doktor endlich den Motor abstellte und sich ächzend hinter dem Steuer hervorquälte, um dann auszusteigen.

„Ach, ist das eine Hitz heut. Wirklich Zeit, daß es endlich einmal regnet ..."

„Was ist mit Mama?"

Die nußbraunen Augen waren weit aufgerissen und fragend auf den Doktor gerichtet. Der betrachtete nun das schmale, zierliche Mädel. Zuckte es da nicht ein bissel verräterisch um die Lippen des Mannes? Trat nicht in den Blick seiner Augen ein wehmütiger, mitleidiger Schimmer?

„Laß mich erst einmal ins Haus, Julia", kam die Antwort. „Es wird drinnen gewiß kühler sein, oder nicht?"

„Wohl, Herr Doktor", sagte Julia demütig und gehorsam. Dann ging sie an seiner Seite auf das Haus zu. Mittlerweile war die Rainmoser-Marie unter die Haustür getreten. Fragend war ihr Blick, und wortlos gab sie schließlich die Tür frei.

Hannes hatte es sich auf der Ofenbank bequem gemacht, wogegen der Rainmoser selbst auf dem

Kanapee seinen Mittagsschlaf hielt und dabei kräftig schnarchte. Die Bäuerin trat auf ihn zu und rüttelte ihren Mann kräftig am Arm.

„Steh auf, Jakob!“ sagte sie halblaut. „Der Doktor wär da!“

„Ja so, der Doktor?“ murmelte Jakob schlaftrunken, erhob sich und rieb seine Augen.

„Hat man denn nit einmal fünf Minuten seine Ruh?“ brabbelte Hannes aus dem Ofeneck und richtete sich dann ebenfalls auf. Martin und Julia waren in die Stube getreten. Momentelang herrschte Schweigen.

„Wie – wie geht es ihr denn, Herr Doktor?“ fragte Marie schließlich, wischte sich die Hände an der Schürze ab und trat mit ängstlichen, fragenden Blicken langsam heran.

„Was ist mit ihr?“ begehrte nun auch Julia zu wissen. Nein, dieses lange Schweigen des Dr. Bieswanger konnte doch wohl nichts Gutes bedeuten.

„Nun“, meinte der schließlich ein bissel betreten. „Es geht ihr halt den Umständen entsprechend.“ Mit einem Kopfruck wies er auf Julia, die das nicht bemerken konnte. Doch die Bäuerin hatte verstanden.

„Geh, Julia“, haspelte sie hervor. „Sei so gut und lauf einmal in den Keller hinunter. Es müssen noch ein paar Flaschen Bier im Kasten sein. Hol ein Flascherl für den Herrn Doktor.“

„Mir bringst auch eines mit!“ rief der Bauer.

„Und mir auch", verlangte Hannes. „Wenn du schon dabei bist!"

So verließ Julia die Wohndiele. Ein paar Minuten würde es dauern, denn der Kellereingang lag draußen in der Hofreut. Dort sah man Julia Augenblicke später, wie sie sich abmühte, die schräg zwischen Boden und Hauswand gelegene Kellertür aufzusperren.

„Es geht ihr nicht sehr gut!" stieß Bieswanger hervor. „Sie hat schlimmste Verbrennungen erlitten. Über die Hälfte der Hautoberfläche ist verbrüht. Hinzu kommt, daß sie über einen sehr schlechten Kreislauf verfügt ..."

„Was heißt denn das?" fragte Jakob Rainmoser, der nicht begriffen zu haben schien.

„Das heißt, daß man mit dem Schlimmsten rechnen muß."

„Wegen der paar Brandblasen?" fragte Hannes aus dem Ofeneck.

„Davon verstehst du nix!" warf ihm der Arzt ein wenig erbost hin und drehte sich wieder um. „Ich möchte nicht, daß Julia erfährt, wie schlimm es um ihre Mutter bestellt ist. Man tut alles Menschenmögliche, und daher halte ich es vorläufig nicht für ratsam, das Mädel so umfassend zu informieren. Julia würde sich jetzt nur ängstigen."

„Was sollten wir denn mit ihr machen, wenn Anna sterben würde?" fragte Jakob nun. Dafür erntete er einen strafenden Blick des Doktors.

„Also, wenn das jetzt deine Hauptsorge ist, Rainmoser, dann weiß ich wirklich nicht, was ich von dir halten soll."

„Ich mein halt nur", entschuldigte sich der behäbig wirkende Mann. „Es ist immer besser, man macht sich beizeiten seine Gedanken bei so etwas."

„Bist jetzt gleich still, du Büffel, du gscheiter!" schimpfte Marie halblaut aus ihrer Verlegenheit heraus. „Man muß sich ja schämen wegen dir. Solche Gedanken macht man sich jetzt noch nit. Hauptsache wär doch wohl, daß unsere Anna wieder gesund wird. Oder hab ich da nit recht, Herr Doktor?"

„Da hast sehr recht, Rainmoserin", pflichtete ihr der Landarzt bei. „Aber wir sollten jetzt wohl nit ein jedes Wörtl auf die Goldwaage legen. Begreiflicherweise sind wir doch alle sehr aufgeregt, denn ein solch schlimmes Unglück passiert ja nicht alle Tage. Doch immerhin ist Anna durch ihr Dienstverhältnis unfallversichert gewesen."

„Was wär die Anna ...?"

„Vater, das interessiert jetzt im Augenblick nit", schaltete sich Hannes rasch ein. „Mögen S' vielleicht zu dem Bier, das Ihnen Julia gleich bringen wird, noch ein Schnapsl dazu?"

„Nein, nein, ich werd auch kein Bier trinken bei der Hitze. Ich muß ja noch mit dem Auto fahren. Auch kann ich mich nicht solange aufhalten.

Ich hab noch ein paar Patientenbesuche zu machen. Mir ist verständlicherweise alles ein wenig durcheinander geraten."

„Ja, ja", stammelte Marie. „Das versteh ich schon, und ..."

Jäh brach ihre Stimme ab, denn Julia kehrte mit Flaschen und Gläsern zurück. Sie trug alles auf einem Tablett, welches sie nun vorsichtig auf dem Tisch absetzte. Lähmendes Schweigen hatte sich wieder ausgebreitet. Einer sah den anderen hilflos an.

„Nun, Julia", meinte Dr. Bieswanger bedächtig. „Deine Mutter ist noch nicht bei Bewußtsein, und das ist gut so, denn die Schmerzen sind doch recht arg bei einer solchen Verbrühung. Morgen wird man dann Näheres erfahren. Aber man tut wirklich alles für sie, und es besteht momentan keinerlei Grund zur Beunruhigung."

Der letzte Satz war eine barmherzige Lüge und verfehlte seine Wirkung auf Julia nicht.

„Ach, Herr Doktor", sagte das arglose Madel mit einem befreiten Lächeln. „Da bin ich aber froh, daß Sie das sagen. Ich hab mir doch soviel Sorgen gemacht, daß ich es gar nicht sagen kann."

Dr. Bieswanger bemühte sich um ein Lächeln. Dann lehnte er das angebotene Bier nochmals ab, verabschiedete sich und machte sich auf den Weg zu seinem Auto.

„Hast du's ghört nachher?" fragte Rainmoser

in seiner poltrigen Art und blickte Julia dabei an. „Nix weiter ist. Dann kannst ja hinüber in die Scheune und das Gsott schneiden, oder nit?"

„Freilich, Bauer", antwortete Julia beflissen. Eine große Last war ihr nun scheinbar von den Schultern genommen. Mit frischem Mut ging Julia an ihre Arbeit, denn fleißig war dieses Madel, und man konnte ihm wirklich nichts nachsagen.

„Wie wär das dann gewesen wegen der Unfallversicherung?" erkundigte sich Marie nun.

„Wir haben doch für Anna keine abgeschlossen", sagte Hannes. „In der Krankenversicherung ist sie schon drin. Aber um die Umstände braucht der Doktor nit wissen, denn hernach weiß es das halbe Dorf. Und vielleicht wird sie ja auch wieder, die Anna!"

★

Sie wurde halt nimmer. Vier Tage lang quälte sich die Magd mit ihren schweren Verbrühungen. Tage, in denen keiner vom Rainmoserhof sie besuchte. Am fünften Tag im Morgengrauen brach Annas Kreislauf vollständig zusammen, und ihr treues Herz stand für immer still ...

Als der Landdoktor kam, um mit grauem Gesicht die traurige Nachricht auf das abgelegene Gut zu bringen, wähnte Marie die Tochter der Magd mit den Mannsbildern auf dem Kornfeld.

Julia jedoch hatte etwas vergessen gehabt und wollte mit dem Radl hinterdrein fahren. So kam es, daß das Mädchen eben über die Stieg herab in den Hausgang trat, als der Doktor mit der Bäuerin in der Diele verschwand und die Tür ein wenig offenstehen blieb.

„Ja, nun, Rainmoserin", sagte er mit einem ganz schweren Seufzer. „Heut in der Früh, kurz nach vier, ist es zu Ende gegangen mit der Anna. Ihr Kreislauf hat es einfach nicht durchgehalten. Aber Gott sei Dank soll sie ohne Schmerzen eingeschlafen sein, wie man mir ausdrücklich versichert hat. Mein herzliches Mitgefühl, Rainmoserin!"

„Ja, dank schön auch", flüsterte die Bäuerin mit ganz dünner Stimme. „Alle Heiligen, wie ist das furchtbar. Daß ein Herrgott das zulassen kann?"

„Rainmoserin", sagte der Arzt. „Unter diesen Umständen wäre für Anna das Leben keine Gnade mehr gewesen. Ihre Augen wirken ganz und gar zerstört. Gott mag es gut gemeint haben …"

„Das hat er nit!"

Mit einem leisen Aufschrei fuhr Marie herum, und auch der Arzt wandte sich erschrocken zur Tür.

Dort stand Julia. Steinweiß, aber doch irgendwie sehr gefaßt, war das schmale Gesicht. Das Mädchen ließ die Hände hilflos herabhängen und tappte langsam heran. Die Lippen schienen etwas zu murmeln, was man allerdings nicht verstehen konnte.

„Julia, ich ..."

„Sie haben mich von vornherein angelogen, Herr Doktor!" unterbrach Julia mit stählern klingender Stimme. Die Blicke, mit denen sie ihn nun maß, wirkten verächtlich. „Sie als Arzt haben ja wohl wissen müssen, daß es schlecht gestanden ist. Daß meine Mutter blind geblieben wäre, hat man wohl nicht erst nach ihrem Tod gewußt, oder?"

Scharf, schneidend und anklagend kamen die Worte von den schmalen, farblosen Lippen.

„Julia ..."

„Versuchen Sie bitte nicht, mich jetzt zu trösten", unterbrach sie erneut. „Jetzt kann mich nichts trösten. Aber ich hatte in der vergangenen Nacht einen Traum. Ich habe meine Mutter auf einer Bahre liegen sehen, bedeckt mit silbrigen Blütenblättern. Schon heute früh beim Aufstehen habe ich geahnt, daß sie nimmer lebt."

„Gott weiß, was er tut", versuchte Marie verzweifelt einzuwenden.

„Ach, wirklich?" fragte Julia und warf den Kopf zurück. „Was hab ich ihm getan, daß er mich so straft? Meinen Vater habe ich nit gekannt. Und jetzt, wo ich noch nit einmal richtig weiß, was das Leben ist, nimmt er mir die Mutter fort. Und dafür soll ich vielleicht auch noch danken?"

„Man muß für alles danken, Madl. Sonst versündigt man sich!“

Da lachte Julia ein kurzes, herbes Lachen. Unheimlich erwachsen wirkte das Mädchen in diesen Augenblicken voller Bitterkeit.

„Versündigen?“ fragte Julia fast höhnisch. „So mag ich auch sündigen. Es gibt ja für mich keine Straf mehr, oder? Ich bin bestraft im voraus für alle meine künftigen Sünden. Und wenn ich auch sterben würde, dann wär es gewiß kein großes Unglück, denn hier wird man mich eh nit brauchen können.“

„Aber Julia, wie kannst du so daherreden!“ rief Marie empört und erinnerte sich gleichzeitig an die Worte ihres Mannes. Nein, man durfte doch Julia nicht so einfach wegschicken? Wohin hätte sie denn auch gehen sollen, ohne jegliche Anverwandte? Es wäre ja letztlich doch nur das Waisenhaus geblieben.

„Entschuldige, Bäuerin“, murmelte das Mädchen und trat langsam zum Fenster hin. Mit ihren träumenden, dunklen Augen blickte Julia hinaus in das schöne, sonnenweiße Land. Dort drüben plätscherte die Ache wie ehedem über blankgeschliffenes Gestein dem Dörfl zu. An den Wiesenrainen ihrer Ufer blühten wilde Blumen in reicher Vielfalt. Drüben auf dem Kalvarienberg stand die Magdalenenkapelle unter stillen, mächtigen Eichen. Auch dieser schöne Ort des Friedens schien für Julia Berger in diesen bittersten Augenblicken ihres jungen, hoffnungslosen Lebens alle Bedeutung verloren zu haben.

★

Der Riedwanger Bürgermeister kam auf den Rainmoserhof, und auch der Herr Pfarrer fand den Weg herauf. Es wirkte auf Julia alles so erbärmlich. Wie sie sich abmühten, die Mutter unter die Erde zu bringen. Alles wurde hinter verschlossenen Türen verhandelt. Das Waisenmädel durfte nicht daran teilhaben. Immer und immer wieder fanden sie einen Grund, Julia aus der Stube zu schicken.

So blieb das Mädchen allein mit seinem Schmerz. Ach, wie schwer war doch alles zu verstehen, und welch mühevolles Unterfangen stellte es dar, das Schicksal ergründen zu wollen. Hunderterlei Fragen warfen sich auf, und nicht auf eine einzige ließ sich eine gültige Antwort finden. Warum war es nur so? Warum denn nur? Warum nicht ein anderer, sondern ich?

Vielleicht war es wirklich so, daß Julia in diesen Tagen der Bitterkeit ungewöhnlich schnell reifte. Man hatte jedenfalls den Eindruck, daß Julia in diesen Stunden erwachsen geworden war. Ganz anders waren ihre Reden und Antworten. Verändert war auch der Blick.

Der einzige Mensch, von dem Julia in dieser

Zeit ein bissel Zuwendung bekam, war Martin Rainmoser. Er schien Julias Schmerz zu verstehen und versuchte, ihr ein bißchen Trost zu geben. Dafür zeigte sich das Mädel auch sehr dankbar.

Wenn eine arme Magd stirbt und begraben wird, macht man nicht viel Aufhebens. Gewiß hatte man die Berger-Anna drunten im Dorf gekannt. Doch großartige Kontakte hatte niemand mit ihr gepflegt. Wie hätte Anna dies auch bewerkstelligen sollen, da ihr stets die Zeit dazu gefehlt hatte. Morgens war sie die erste und abends die letzte gewesen. Zeit für Gespräche oder Spaziergänge waren nicht geblieben.

So kam es, daß nur ein paar alte Weibln auf dem Kirchhof waren, als man Anna in die Erde senkte. In der Nacht war ein Gewitter über dem Tal niedergegangen, und es hatte lange und anhaltend geregnet. Heute hatte das Land sein graues Kleid angezogen, und über den Bergwäldern wallten die Nebel wie Leichentücher. Von der mächtigen Firnspitz und dem alleweil schneebedeckten Heimkogl war an diesem Tag nichts zu erblicken; man konnte sich draußen im flachen Land wähnen.

Ein paar dürre Worte fand der Pfarrer für Anna Berger. Er lobte ihren Fleiß und ihre Anständigkeit und natürlich auch ihre unverbrüchliche Treue gegenüber ihren Dienstherren. Dann fielen ein paar Schaufeln klumpig feuchte Erde hinunter in die Grube, woraufhin der Totengräber sich daran machte, sein trauriges Werk zu vollenden.

Mit gesenktem Kopf stand Julia da. Die Bäuerin hatte dem Mädel etwas Schwarzes zum Anziehen gegeben. Gott allein wußte, woher dieses abscheuliche Kleid gestammt haben mochte, denn es paßte hinten und vorne nicht. Dazu trug Julia ein schwarzes Fürtuch mit schillernden Fransen. Dies stammte aus dem Nachlaß der Mutter, und Julia streichelte es in diesen Augenblicken zärtlich.

Nein, viel war von der Berger-Anna wirklich nicht geblieben, denn außer den Kleidern hatte sie ja nichts Eigenes gehabt. Auf dem Sparbüchl hatte sich eine bescheidene Summe angesammelt; Anna hatte nicht viel für sich gebraucht.

„Das heb ich für dich auf, bis du einmal groß bist." Mit diesen Worten hatte der Bauer das Büchl verräumt.

„Ich bin aber groß", antwortete Julia trotzig.

„Groß?" fragte er. „Lern du erst einmal etwas Gescheites. Danach sehen wir weiter!"

Etwas Gescheites zu lernen, das bedeutete; auf dem Hof von früh bis nachts Mägdedienste zu leisten. Dieses und kein anderes Los würde Julia Berger beschieden sein. Und wie hätte sie sich auch gegen alles auflehnen sollen? Noch war ja nicht einmal geklärt, ob sie überhaupt auf dem Hof bleiben konnte.

Auch darüber wurde nach der Rückkehr auf den Rainmoserhof hinter verschlossenen Türen verhandelt. Julia mußte draußen in der Küche das Geschirr abwaschen, während drinnen in der Diele die Schicksalswürfel fielen.

Nein, lauschen mußte Julia nicht, und es wäre auch gar nicht nötig gewesen, sie in die Küche geschickt zu haben, denn drinnen wurde ja laut genug geschrien und gestritten.

„Was soll ich mit der, ha?" belferte Jakob Rainmoser. „Klein und mager ist sie ..."

„Anna war auch nit stärker", verteidigte die Bäuerin. „Und sie hat auch für zwei geschafft."

„Das wird auch gut gewesen sein", knurrte Jakob. „Sie hat ja immerhin das Kind gehabt. Welcher Bauer nimmt schon eine Magd mit einem Kind in seinen Dienst?"

„Julia bleibt jedenfalls da", beharrte Marie und kreuzte ihre Arme über der Brust. Es geschah selten genug, daß sich die Bäuerin einmal auflehnte, denn in aller Regel hatte das Wort des Bauern die Gültigkeit, und eine Widerrede duldete er normalerweise nicht. „Ich kann das Madl im Haus einfach nit entbehren, und es wäre ganz und gar unsinnig, eine Kleindirn einzustellen."

„Die Mutter hat recht", schaltete sich Hannes ein. Als zukünftiger Bauer nahm er sich schon jetzt das Recht heraus, bei diesen Dingen Mitsprache zu üben. Wenn es dem Alten zu arg wurde, wies er seinen Sohn schon in die Schranken zurück. „Julia hat das Anspruchslose von ihrer Mutter. Wer weiß, was man einer neuen Dirn bezahlen müßte, wo es jetzt alles nach den Kollektivverträgen gehen muß und sich die Dienstboten nix mehr bieten lassen."

„Komm mir nit und sag, Julia tat nix brauchen", rief nun der Bauer, „Anna hat nit viel gebraucht. Aber das Madl ist noch im Wachsen und ißt ja für dreie ..."

„Jetzt hörst aber gleich auf!" rief Marie empört. „Als ob es bei uns auf ein paar Scheiben Brot oder ein wengl Erdäpfel ankommen würde. Also, das dürfen wir uns nun nit nachsagen lassen."

„Es wäre auch wegen der Unfallversicherung", meinte Hannes nun etwas gedämpft. „Wenn sie uns da drauf kommen, hernach dürfen wir am End noch einen Batzen bezahlen. Es gibt ja das Sprichwort, daß man schlafende Hunde nit wecken soll. Also behalten wir Julia, und keines fragt weiter herum ..."

„Geht es bei euch eigentlich nur um das Geld?" schaltete sich nun der jüngere Hofsohn ein. Die ganze Zeit über hatte Martin geschwiegen. „Habt ihr denn kein Herz im Leib? Das Mädel braucht doch auch ein bissel Liebe und Zuwendung."

„Hört, hört!" rief Hannes und ließ seinen Worten ein meckerndes Lachen folgen. „Kann mir schon denken, was du im Sinn hast, Brüderl.

Denkst dir, wenn das Goaßl noch ein bissel auf die Weide geht ..."

„Eine Ruah ist jetzt!" rief der Bauer markig und ließ seine Faust auf den Tisch krachen. „Was sind denn das für Reden, ha?"

„Wenn's doch wahr ist", sagte Hannes. Aber er grinst nicht mehr. „Unser Martin ist doch alleweil ein Träumer gewesen. Und daß es zwischen einem Hofsohn und einer solchen Magd etwas gegeben hat, das war auch schon da. Etwas Zappeliges soll sogar schon dabei herausgekommen sein. Erst unlängst beim Scheiblbauer seiner ..."

„Hannes!"

„Schon gut, Vater!" rief Hannes und reckte wie abwehrend die Hände von sich. „Ich habe gar nit gewußt, daß du in diesem Punkt so empfindlich bist?"

„Das bin ich sehr wohl", grollte Jakob. „Ich hätt jetzt gute Lust, dir eine Watschn hineinzuhauen, daß du dir auch merkst, wie empfindlich ich in diesem Punkt bin. Ich laß mir doch von dir den Teufel nit an die Wand malen. Und jetzt wird die Sach vernünftig ausgeredet!"

„Das mein ich aber auch", pflichtete Marie bei. Schamrot war sie angesichts solcher Worte geworden, und ihre Blicke wanderten erschrocken zwischen den Söhnen und dem Mann hin und her. „Ich mein, wir sollten das Madl behalten. Julia ist nit unrecht, und sie kennt sich mit der Wirtschaft aus. Außerdem mag ich das Mädchen, und ich will einfach nit, daß Julia in ein Waisenheim kommt."

Jakob schnaufte ein paarmal tief durch.

„Also gut", gab er schließlich nach. „Dann behalten wir sie halt in Gottes Namen. So kriegen wir keinen Ärger wegen der Versicherung. Und später sehen wir weiter!"

So waren die Würfel gefallen.

Julia hatte alles mitbekommen. Und nun wußte das Waisenmädel nicht, ob es lachen oder weinen sollte. Aber Julia hatte wenigstens ein Daheim, auch wenn es nur ein geborgtes Daheim war, geboren aus einer Mischung zwischen Gnade, Barmherzigkeit und kalter Berechnung.

★

Das Rad der unergründlichen Zeit lief fort und fort. Es macht nicht halt vor der Freude und auch nicht vor der Trauer. Nur scheinbar läuft's bisweilen schneller oder manchmal langsamer.

Julia gab sich alle erdenkliche Mühe. Sie schaffte und versuchte die fleißige Hand der Mutter obendrein zu ersetzen. Klaglos verrichtete sie ihre Arbeit und lernte somit, das Notwendigste immer zuerst zu tun. Ungeliebte Arbeiten griff sie mit doppeltem Frohsinn und ohne Furcht an. Dann ging ihr alles leicht von der Hand und war rasch zu Ende gebracht.

Still und besonnen durchlebte Julia Berger ihre

Tage. Nein, der Rainmoser-Bauer hatte keinerlei Grund zur Klage. Er war sparsam mit seinem Lob, und mit den wenigen, dürren Worten fühlte sich Julia um so mehr geehrt.

Zum siebzehnten Geburtstag bekam Julia vom Bauern ein neues, hübsches Dirndlgewand geschenkt. Über den Glanz in ihren Augen schmunzelte der Bauer.

„Na ja“, meinte er, „wenn eines so brav und fleißig ist wie du, dann hat es auch etwas Besonderes verdient. Gereut hat es mich noch keine Stund, daß ich dich behalten hab, damals. Das will ich dir bloß einmal sagen.“ Julia lächelte still vor sich hin. Ach Gott, vielleicht hatte sie sich doch in ihm verschätzt und ihn verkannt. Freilich war er ein grober Bauernmensch, und er konnte vielleicht nicht anders sein. Das Mädchen hingegen mußte es ja erst lernen, die Menschen so zu nehmen wie sie waren, mußte erst begreifen, daß manche Dinge zu den Unabänderlichkeiten gehörten wie Sommer und Winter in all ihrer Gegensätzlichkeit zum Jahr. Und so war sie glücklich, die kleine Magd Julia. Hatte sie nicht alles, was ihr junges Herz begehren konnte? Eine Arbeit, ein Dach über dem Kopf, ihre geregelten Mahlzeiten und hin und wieder auch ein freundliches Wort. Das mußte doch genug sein. Mehr durfte doch ein Mädel wie Julia gar nicht verlangen?

„Sakrisch hübsch ist die Julia geworden“, bemerkte Hannes einmal, als er mit dem Vater allein in der Diele saß.

Doch Jakob hob nur den Kopf und blickte seinen Sohn an. Es war ein kühler Blick, der Hannes ohne Worte an das mahnte, was seit jeher als ein ehernes Gesetz galt: Zwischen Herrn und Magd gab es einfach nichts Gemeinsames!

„Ich mein ja bloß", maulte Hannes.

„Deine Meinerei kenn ich, Freundl", sagte der Bauer. „Ich hab eh schon lang einmal ein ernstes Wort mit dir reden wollen."

„Mit mir?" fragte Hannes gedehnt.

„Mit'm Scheiblbauer seinem Ochsen gewiß nit", grollte der Alte und faltete die Zeitung bedächtig zusammen, wobei er seinen Ältesten über den Rand der Brille aufmerksam beäugte. Hannes schien sich in seiner Haut nicht wohl zu fühlen. Er rutschte hin und her. „Also", begann Jakob Rainmoser. „Du bist jetzt im achtundzwanzigsten Jahr, Hannes ..."

„Ja, und?"

„Halt deinen Rand und salb mir nit dazwischen. Es ist weiß Gott ernst genug", sagte Jakob streng. „Ich mein, daß die wilden Jahre einmal rum sein müßten, oder nit?"

„Ich weiß nit, was du meinst!"

„Du weißt es genau, aber ich will es dir ganz deutlich sagen; die Umeinanderzieherei über die Dörfer, die Sauferei und die Rauferei. Das mein ich! Gewiß, in jungen Jahren sind alle Bauernburschen so, und ich hab auch gar nix dagegen gehabt, daß du dir die Hörner abstößt. Aber so allmählich muß eine Ruh sein und der Ernst des Lebens anfangen."

„Aber Martin …?"

„Martin ist einundzwanzig", fuhr Jakob hinein. Nun wurde sein Gesicht rot, denn Hannes hatte ihn nunmehr ein paarmal unterbrochen. „Martin ist der Zweitgeborene und wird einmal fortheiraten vom Hof. Du dagegen bist der Übernehmer."

„Dann übergib halt, wenn du dich zu alt fühlst!"

„Kreuzdunnerwetternei!" schrie der Bauer. Nun donnerte seine Faust auf den Tisch, daß die Bierflasche einen gewaltigen Tanz anhub und gerade noch vom Hannes gehalten werden konnte. Ja, da wurde der zukünftige Hoferbe doch etwas blaß, denn er wußte, daß nun das Maß voll war. „Wenn du mir jetzt noch einmal dreinredest, nachdem hau ich dir eine auf dein Maul, daß du drei Täg lang die Funken siehst. Jetzt langt es mir mit dir, verstehst? Halt jetzt deinen Mund und hör mir zu, was ich dir zu sagen hab!"

„Ja, Vater!"

„So gfällt mir die Sach schon besser. Also, ich werde heuer sechsundfünfzig, und ich hab mir gedacht, daß ich mit dem Sechzigsten ins Ausgeding geh. Wir haben lang genug gebuckelt, die Mutter und ich, und wollen etwas von unserem

Ruhestand haben. Jetzt wäre es an der Zeit, daß du dich nach einer Hochzeiterin umsiehst. Wie schaut's denn aus damit?"

„Ich weiß keine!"

„Ja, das darf's doch wohl nit geben!" rief der Bauer und warf die Arme hoch. „Ist der Schlendrian und Schlankerl auf einer jeden Festivität, 's Tal rauf und runter, und weiß keine? Ja, wo hast denn du deine Augen, ha? Oder gehörst zu denen, die von den Dirndln gefürchtet werden, wegen ihrem Ungut, ha? Das wäre nit fein für einen Rainmoser, das sag ich dir. Hast denn gar keine in Aussicht? Ich mein, umeinanderprobiert hast ja wohl genug, oder?"

„Schon, aber ...", kam es gedehnt. „Ich möcht halt was Flottes und Resches, wenn du mich verstehst. Etwas zum Gutanschauen ..."

„Und die Arbeit, ha?" fragte der Bauer. „Eine Dame brauchen wir nit auf dem Hof. Ob eine eine Hakennase hat oder nit, spielt für die Arbeit keine Rolle, und fürs Kinderkriegen auch nit. Deine Mutter ist auch keine Schönheitskönigin gewesen, und wir haben eine anständige Eh geführt. Und so hat es zu sein auf einem Bauernhof. So sind wir eben. Das Gschnackl und die Schöntuerei gehören in die Stadt und haben bei uns Landmenschen nix verloren, verstehst?"

„Schon", sagte der Bauernsohn. „Aber eine Schiache will ich halt auch nit!"

„Das liegt bei dir", brummte Jakob. „Wenn du

dich anständig aufführst, hernach tätest schon die Rechte kriegen: eine nette, die auch etwas mitbringt, wie es sein soll. Wie wäre es denn mit dem Feichtl seiner Monika?"

„Die mag ich nit. Die Leut sagen, sie wär eine Scharfe. Hernach hätt ich in zehn Jahr eine Beißzange herinnen hocken."

„Schaden tät es dir nix", sagte der Alte grinsend. „Hab schon gehört, daß die Feichtltochter ihr Diritari zusammenhalten kann. Hernach wird's gut sein für ein Mannsbild wie dich, der du ja so gern in die Kirchn gehst, wo das Gesangbuch einen Henkel hat, gell?"

„Beim Roschlwirt haben's eine Kellnerin ..."

„Nix!" sagte der Bauer und ließ seine Hand durch die Luft sausen. „Dienstboten und Wirtshausschlitten kommen mir nit über die Schwelle. Das schlag dir aus dem Kopf. Eine Bauerntochter von einem guten Hof muß es sein. Und wenn du dich nit bald einmal dranmachst, hernach sag ich es dem Schmidl-Castulus. Der ist Viehhändler, kommt gut herum und weiß alleweil eine. Da soll es mir auf die zweitausend Schilling vom Schmuserlohn nit ankommen, wenn mein Herr Sohn zu deppert ist, sich eine Hochzeiterin selber zu suchen. So, und jetzt weißt du, wie du dran bist, wenn du nächste Woche auf die Irschenwanger Kirmes gehst. Kannst dich ja umschauen, und wenn du eine Saubere nit unter Hunderttausend bringst, können wir's notarisch machen!"

Einen Einwand wagte der Rainmoser-Hannes nicht. Daß ihn die Mädchen wegen seiner groben, großmauligen Art nicht mochten, erzählte er dem Vater natürlich nicht. So wurde es eben nur so kommen können, daß man in den groben Klotz einen groben Keil hineinschlug. Und an sogenannten Beißzangen war in Riedwang und Umgebung kein Mangel zu verzeichnen.

★

Die wenige freie Zeit, die Julia verblieb, verbrachte das Mädchen meist in dem kleinen Schuppen hinter den verwaisten Hasenställen, denn dort hielt sich Martin oft auf. Gewiß, dem jüngeren Hainmoserbuben blieb an Arbeit auch nichts erspart, denn eine jede helfende Hand war wichtig, und Müßiggang duldete der Bauer ohnehin nicht.

Aber Martin war ein Träumer geblieben. Und wovon träumte er? Davon, einmal ein großer und berühmter Herrgottsschnitzer zu sein. Ach ja, in seinen fast noch kindlichen Träumen sah er die halbe Welt ihm zu Füßen liegen. Ein schönes Haus, feine Kleider und elegante Gesellschaften, kluge Damen, die beim Reden immer ein wenig den Mund spitzten und einem in allem recht gaben.

Goldene Schlösser waren es halt. Träumereien, aus denen er in seinem Alter eigentlich hätte heraus sein müssen. Und die kleine Julia? Ach, die träumte sich halt aus der armseligen Enge ihrer kleinen Welt mit ihm unter schimmernden Lüstern durch die funkelnden Ballsäle der Unwirklichkeit.

Wie herrlich war es doch, wenigstens ein paar Minuten lang in einer so schönen und sorglosen Zukunft zu leben. Freilich war es keine gemeinsame Zukunft, von der sie sprachen. Es war überhaupt nichts, nach dem man hätte greifen können. Aber es war da, mit einer taumelnden Süße und einer Schwere, die die Augen schloß und ein wohliges Gefühl in alle Glieder fließen ließ.

Vergessen waren die Schmerzen im rechten Arm, die vom dauernden Drehen der steifen Werfel der Gsottmaschine rührten. Und das Kreuz tat auch nimmer weh vom unendlichen Buckeln. Da war diese schöne Musik unter heller Sonne in einem Land, das es wohl nirgendwo gab. Alles war so schön wie daheim im Land der Berge, der Wiesen und der schwarzerdigen Felder. Und doch war es noch viel schöner, bunter und prächtiger. Blumen, wie sie im Lande Nirgendwo blühten, waren natürlich nicht zu vergleichen mit den einfachen Buschwindröschen, die unter den Hecken ihre zarten, weißen Röckchen im Frühlingswind flattern ließen. Ein Nichts dagegen waren auch die Löwenzahnblüten, die im Mai aus den Wiesen golden wogende Teppiche machten. Und auch die Herbstzeitlosen waren nichts, die dafür sorgten, daß der Himmel für ein paar Tage niedersank auf die welligen Hügel unter den würzigen, dunklen Wäldern ...

„Eine Ausstellung nach der anderen werd ich veranstalten!" sagte Martin. „Und kaufen werden die Leut grad wie die Narrischen. Du wirst es schon noch erleben, Julia. Vielleicht fahr ich dann auch auf einem weißen Schiff hinüber nach Amerika. Ach ja, auf der ganzen weiten Welt werde ich herumkommen und alles anschauen, was es nur zum Anschauen gibt. Und wo es mir gefällt, da bleib ich eine Zeitlang."

Abseits stand sie und betrachtete ihn. Mit schwärmerisch weiten Augen stand er da und blickte auf die Holzwand, als lägen dahinter alle Schönheiten dieser Erde verborgen.

„Viel zu klein, zu eng ist's mir daheim im Tal."

„Aber nirgendwo ist es so schön wie daheim", wagte Julia ganz vogelzart einzuwenden. Ach ja, das konnte doch nur eine sagen, die mit jedem Faserl des Herzens an dem hing, was Heimat war. Und Heimat war alles für Julia. Sogar das poltrige Grollen des alten Rainmosers gehörte irgendwie zu diesem Bild voller Kraft und Leben. Nur Martin war ein wengl fremd in dieser kleinen, geordneten Welt.

„Du Dummerl", sagte Martin. „Freilich ist es schön in der Heimat. Ich sag es doch auch gar nit anders. Aber wenn ich mir vorstellen muß, hinter einem Pflug zu gehen und in dieser häßlichen, schwarzen Erde zu wühlen, dann ..."

„Diese Erde nährt uns", sagte Julia. „Unser Brot wächst auf ihr."

Sie sagte diese Worte sehr ernst. Nach vielen bitteren Tagen des Haderns und Zweifelns hatte Julia mit dem Himmel Frieden gemacht. Aus dem Nichts schließlich war ihre Kraft nicht gewachsen, und sie meinte, daß es schon etwas gab, was ihr die Freude eines herzlichen Lachens schenkte. Und diese Macht wurde von Julia geehrt und geachtet ...

„So reden die Bauern."

„Aber du bist ein Bauer, Martin", sagte Julia verwundert. „Jedenfalls bist du so geboren."

„Ich werde aber nie einer sein!" stieß der Bursch trotzig hervor und legte mißgestimmt das Schnitzmesser zur Seite. In der letzten Zeit kam es immer häufiger vor, daß Julia die Welt der Träume ganz plötzlich verließ. Herausfiel sie aus dem zusammengeträumten Himmel und riß ihn mit sich hinab auf den Boden der rauhen Wirklichkeit. Und das wollte Martin halt gar nicht behagen. „Nein, ich werde kein Bauer!" wiederholte er. „Dafür ist Hannes da. Sobald sie mich einmal ausbezahlt haben, werde ich auf eine Kunstschule gehen und lernen. Und dann werd ich die Welt bereisen und mir ein feines Leben machen. Jawohl, so und nit anders wird es einmal kommen!"

„Glaubst du wirklich?“ fragte sie zweifelnd, weil sie ja selbst am eigenen Leib erfahren hatte, daß es im Leben oft ganz anders kam, als man es sich erträumte oder ausrechnete. Manchmal fuhr eben ein Blitz hinein ins schöne Traumland und zerstörte alles, ließ einen Riß aus Kummer und Tränen zurück, den dann nur die Zeit zu flicken imstande war. Ja, wußte denn Martin das nicht?

„Ich glaube es!“ versicherte er.

„Du hast ja noch nicht einmal mit deinem Vater über deine Pläne gesprochen“, erinnerte Julia. „Er würde das ganz gewiß nit gutheißen.“

„Und wenn schon“, tat Martin Rainmoser ab. „Was wollte er denn machen? Auf dem Hof wird später einmal kein Platz für mich sein. Oder glaubst du, ich hätt Lust, für meinen Bruder das Knechtl zu spielen? Nein, nein, ich geh fort von hier!“

Nimm mich doch mit! So bettelten ihre schönen Augen. Laß mich nit allein zurück! So flehten stumm die Lippen. Doch Martin sah das einfach nicht. Er spürte nicht die Zuneigung, die sie ihm entgegenbrachte. Nein, die kleine Magd wußte nicht, ob sie ihn etwas oder gar nichts war.

In ihr hingegen brannte eine stille Flamme, von der sie jedoch wußte, daß sie nie emporsteigen und mit dem Wind streiten konnte. Nur ein kleines Lichtl würde es bleiben, ein Leben lang. Doch ein Feuer genug, sich daran zu wärmen, wenn man drinnen in der Seele fror.

Doch davon sprach Julia nicht. Sie behielt diese Gedanken in ihrem Herzkämmerl eingesperrt, und so würde es wohl immer sein. Daß es Liebe war, wußte Julia noch nicht, denn es gab für sie nichts Vergleichbares. Dieses Gefühl hatte sie schon immer empfunden, solange sie sich zurückerinnern vermochte. Und so wie sie selbst größer geworden war, so war dieses Gefühl halt mitgewachsen.

„Wo steckt er denn wieder, der Fretter, der hundsheilige?“ hörte man draußen in der Hofreut nun die poltrige Stimme des Bauern aufklingen.

„Dein Vater sucht dich“, sagte Julia erschrokken.

„Es ist längst Feierabend“, sagte der Bursch und nahm demonstrativ sein Schnitzmesser wieder in die Hand. Etliche Figuren standen auf den staubigen Borden. Manche von ihnen waren recht gut und andere wieder weniger gut gelungen. Aber so mochte es vielleicht mit allen Dingen sein, die unter den Händen eines Menschen sozusagen aus dem Nichts heraus entwuchsen.

Nun knarzte die Tür ein bissel in den Angeln und wurde von einem massigen Schatten ausgefüllt. Draußen ließ Abendrot die Berge und Wälder glühen. Violette und smaragdene Streifen zogen sich über die Wolkenbänder bis hinaus zu den fernen Waldhügeln, hinter denen die Nacht emporstieg, ihren Sternenmantel zu breiten übers müde Land.

„Ja so, da steckst du also!“ brummte der Bauer. „Hätt ich mir ja denken können. Und Julia hockt natürlich auch wieder da. Seid ihr wieder am Spinnen, ha?“

„Es kommt schon noch der Tag, an dem du mich ernst nehmen mußt, Vater!“

„Müssen tu ich gar nix. Vielleicht muß ich mit achtzig sterben. Und das nicht einmal: Ich kann mich auch vordem aufhängen, damit du es weißt. Mit dir zu reden hätte ich halt. Oder muß ich dem gnädigen Herrn eine extra Einladung schicken?“

„Wenn ich fertig bin ...“

„Sofort!“ sagte der Bauer, und seine Stimme klang wie Donner aus dem Gewänd. „Sonst nehm ich deinen ganzen Mist, hau ihn auf den Haufen und zünd alles mitsammen auf die nächste Sonnwend hin an!“

„Wenn du das wagst ...“

„Geh weiter, Bürschl“, sagte der Bauer. „Auf geht's. Und du, Julia, schaust, daß du hinauf in die Waschkammer kommst. Oder hast du nix anderes zu tun, als diesen Fretter bei seiner Träumerei auch noch zu unterstützen?“

„Ich geh ja schon, Bauer“, stieß Julia hastig hervor. „Ein paar Minuten waren es doch bloß ...“

„Schon gut. Aber jetzt schleich dich“, brummte er, und es klang sogar etwas Gutmütiges heraus. Dann drehte er sich um und ging dem Haus zu. Unter der Tür drehte er sich noch einmal um.

„Wenn du nit gleich kommst", rief er zum Schuppen hinüber, „dann hol ich dich. Aber anders, als du es dir vorstellst, du Traumdodl, du narrischer!"

Wütend schleuderte der Bursch sein Schnitzmesser in die Ecke und stieß einen Ausdruck hervor, der weder in den Ohren des Pfarrers noch in denen des Vaters gut geklungen hätte.

„Ihr werdet mich schon noch kennenlernen!" sagte er grimmig. „Alle miteinander!"

Dann ging er mit langen Schritten auf das Haus zu. Vater, Mutter und Bruder saßen in der Diele. Die Lampe war tief heruntergezogen und verbreitete milden, behaglichen Schein.

„Da, hock dich her", verlangte der Bauer. „Jüngst hab ich mit Hannes geredet. Heut bist du dran. Es ist wohl noch ein bissel früh. Aber besser ein bissel eher, bevor es zu spät ist!"

Mißmutig setzte sich Martin und streckte die Beine von sich. Dafür handelte er sich vom Rainmoser eine Rüge ein, die ihn augenblicklich wieder in eine sogenannte anständige Haltung brachte.

„Was soll bloß einmal aus dir werden, Bub?" klagte Marie und zerrte einen zerrissenen Socken über den Stopfpilz. Grau war ihr Haar geworden; Silberfaden schimmerten im Lampenlicht.

„Das frag ich mich auch", knurrte Jakob. „Es muß einmal Schluß sein mit dem Umeinanderträumen!"

„Ich werd einmal Herrgottsschnitzer", sagte Martin.

„Ah so?" machte der Bauer und verzog etwas spöttisch das Gesicht. „Paß einmal auf, was ich dir jetzt sag, Martin. Über kurz oder lang wird dein Bruder sich eine Hochzeiterin suchen, heiraten und den Hof übernehmen. Dann wirst du ja noch eine Weil hierbleiben und mitschaffen. Und wenn es an der Zeit ist, dann mußt du zuschauen, daß du eine findest, bei der du hineinheiraten kannst. Immerhin wirst du etwas mitbekommen ..."

„Mit dem, was ich krieg, werd ich auf eine Schnitzschul gehen!" unterbrach Martin trotzig.

„Ah so?" sagte der Bauer wieder. „Und du denkst dir das also so einfach, ha? Du bildest dir doch nit etwa ernstlich ein, daß ich für einen solchen Schmarrn mein Geld hergeben werde?"

„Ich hab aber ein Recht ..."

„Ein Dreckerl hast du!" unterbrach Jakob. „Ich bin hier der Bauer, und ich hab das Recht. Wer hat denn die Sach zusammengehalten und aufgebaut, ha? Da warst du mir der Rechte, der daherkommt und über mein Geld verfügen wollte."

„Ich bin aber nit zum Bauern geboren!"

„Du bist als Bauer geboren. Aus unserer Familie ist noch nie etwas anderes hervorgegangen. Es würd dir gewiß heraushängen, den feinen, städtischen Herrn zu spielen, der sich mit meinem Geld und auf meine Kosten amüsiert. Nein, Freundl, da schaust einmal, daß du das ganz schnell aus deinem Kopf herausbringst, verstanden? Ich mein, daß ich nit noch deutlicher werden muß."

„Ach Bub", seufzte nun die Rainmoserin schwer. „Daß du einem aber auch soviel Kummer machen mußt. Schau, deine Schnitzelei ist doch für nix! Es hat doch auch keines etwas dagegen, wenn du's in deiner freien Zeit tust. Aber das ist doch kein Beruf!"

Martin senkte den Kopf. Nachdem er die harten Worte des Vaters gehört hatte, hielt er es für klüger, vorerst zu schweigen. Mit der Zeit würde wohl auch ein Rat kommen, denn so leicht würde sich der Rainmoser-Martin von seinem Jugendtraum nicht abbringen lassen.

★

Ein weiteres Jahr ging über das Land unter den Bergen hinweg, ohne daß sich recht viel ereignet hätte. Nur Kirchhof und Kinderwiegen füllten sich gleichermaßen, Saat und Ernte, fest eingebettet in den Kreislauf des Immerwährenden.

In Julia reifte die stille Flamme der Liebe. Ach, wie gern hatte sie den Burschen mit seinen träumerischen Augen, mit denen er sie bisweilen so sonderbar anblickte. Auch eine gewisse Scheu hatte sich in der hübschen Julia breitgemacht.

Nein, diese Unbefangenheit der frühen Jugend war nicht mehr da. Das Kindliche in ihrem Wesen wich zunehmend den sinnlichen Reizen der Frau. Wenn Julia durchs Dörfl ging, trug sie ihren Kopf hoch. Die Leute begannen über sie zu tuscheln, denn wie ein Mägdekind wirkte sie nicht. Wer nicht um die Umstände wußte, hätte wohl eine Bauerntochter in der hochgewachsenen, schlanken Gestalt vermutet.

Diese sinnlichen Reize der schönen Julia stachen vor allem dem Rainmoser-Hannes ins Auge. Es entging Julia nicht, daß Hannes sie immer öfter mit einem genüßlichen Blick streifte. Schade nur, daß Julia keine war, die man dem Vater präsentieren konnte. Die Dirndln, die Hannes hätte haben können, die mochte er nicht. Und jene, die er haben wollte, die bekam er nicht.

Wo immer er auftauchte, war ihm sein Ruf als grober Rohling bereits vorausgeeilt und ließ die Mädchen zurückschrecken. Und auf vielen Höfen, die er in der Absicht der Brautwerbung besuchte, ließ man den Bauernsohn gar nicht erst über die Schwelle. Dies verdroß Hannes natürlich, und er hatte feststellen müssen, daß sein Ruf als Schürzenjäger auf den Kirchtagen und Schützenfesten längst abgeblättert war. Der Ruf als Raufer und Trunkenbold hingegen war ihm geblieben …

Der alte Jakob maulte und schimpfte. Aber er konnte seinen Ältesten nicht davon abhalten, ein fleißiger Gast in den Wirtshäusern zu sein. Hannes bekam vom Vater sein sogenanntes Handgeld. Davon blieb nie etwas übrig, denn er trug es bis auf den letzten Groschen in die Wirtschaft. Und oft reichte es einfach nicht. Dann ließ der junge Rainmoser anschreiben. Die Wirte, die ja wußten, daß auf dem Hof geordnete Verhältnisse herrschten, gaben ihm nur allzu gern Kredit.

Es war an einem Samstagabend, als Hannes in die Wohndiele trat und herumdruckste. Er trug seine lederne Bundhose, ein frisches, weißes Hemd und den roten Wams, wie ihn alle Burschen des Tales trugen. Den breitkrempigen, schwarzen Hut drehte er voller Verlegenheit in den Händen.

„Was ist nachher?“ fragte Jakob und blickte nicht von seiner Zeitung hoch. „Bist wieder einmal ausgehfertig und bereit, dein Geld zum Roschlwirt zu tragen?“

Keine Antwort. Verlegenes Räuspern.

„Was ist? Drückt dich das Gewissen? Warum gehst nachher nit?“ fragte der Alte verstimmt. Er hatte es aufgegeben, seinem Sohn etwas hineinzureden, denn das fruchtete bei Hannes ohnehin nicht viel.

„Na ja, es war halt wegen dem Geld …“, würgte Hannes schließlich heraus.

„Wieso? Was ist mit dem Geld?“ fragte Jakob und schien sich wie arglos zu stellen.

„Ich hab keines mehr!“

„Ah so?“ fragte Jakob. „Bist schon wieder fertig mit dem Tausender, ha?“

„Ja mei, ich hab die Prechtl-Lena eingeladen und …“

„Hör auf!“ gebot der Alte schneidend. „Für alles findest du eine Ausrede. Versoffen hast du es.“

„Heutzutage kostet alles eben mehr, als zu deiner Zeit, sagte Hannes. „Tausend Schilling sind nix mehr!“

„Verdient sind sie genauso hart wie früher. Ich brauch das auch nit. Aber der Herr Sohn, der muß alle Täg in die Wirtschaft rennen und den Großkopferten spielen. Naa, Bürschl, das geht nimmer aus. Wenn du kein Geld hast, hernach bleibst du daheim. Und dabei aus und fertig!“

„Aber ich muß meine Zeche noch zahlen beim Röschlwirt“, sagte Hannes.

„Schulden?“ ächzte Jakob Rainmoser. „Du hast Schulden beim Röschlwirt gemacht?“

„Nit viel“, sagte Hannes. „Aber wie wir so beieinander gesessen sind, da hat mein Geld nimmer gelangt. Und da kann ich doch nit einfach aufstehen und gehen? Und jetzt muß ich es wohl zahlen, denn wie täten wir denn dastehen vor den Leuten …“

„Ja, wie stehen wir da!“ schrie Jakob mit überkippender Stimme. Marie wurde ganz bleich. „Daß du dir das traust!“

Jakob wußte genau, daß er nun nicht umhin

kam, seinem Sohn das Geld zu geben. Egal wer auch immer diese Wirtshausschulden fabriziert hatte: Auf dem Namen Rainmoser blieben sie haften. Also mußten sie aus der Welt.

„Dies eine Mal", ächzte Jakob mühsam. „Nur dieses Mal stehe ich dir gerade. Aber dann ist Schluß. Dann schmeiß ich dich raus und übergeb dem Martin den Hof ..."

„Was willst denn mit dem Fretter?" fragte Hannes, weil er sich seiner Sache sicher war. „Der kann ja nit einmal den Pflug gescheit in der Spur halten. Allenfalls die Jahreszahl kann er dir in den Turstock schnitzeln."

„Mach dich nit lächerlich über mich!" brüllte Jakob und tappte langsam nach vorn. „Bald dreißig bist du, aber noch nit alt genug für mich, dir eine Trümmer Watschn zu verpassen, daß du dich dreimal überkugelst. Wer ist denn der größere Fretter, ha? Derjenige, der im Schuppen hockt und nix ausgibt, oder jener, der das Geld in den Wirtschaften versauft und obendrein Schulden macht!"

Jakob gab seinem Sohn nochmals tausend Schilling, und kaum hatte dieser das Geld in den Händen, war er fort, ohne sich auf eine noch längere Diskussion eingelassen zu haben.

„Du ... du Saufbold!" schrie ihm Jakob mit geballter Faust hinterdrein. Dann sank er ächzend auf die Bank nieder und stützte den Kopf in die Hände. Ahnte er, was er falsch gemacht hatte?

Damals, als Hannes mit achtzehn die Mordsräusche heimgebracht hatte, war Jakob richtig stolz auf seinen Buben gewesen. Ja, das war doch ein ganzer Kerl, einer, der sich nichts gefallen ließ und standhaft war in allen Lebenslagen. Wirklich allen Lebenslagen?

„Mei", stöhnte Jakob nun bitter und dumpf. „Wohin soll das bloß einmal führen? Der eine säuft, und der andere träumt in den Tag hinein. Das kann doch nix Gescheites werden?"

★

In der verqualmten Wirtsstube trafen sie zusammen: der Scheiblsohn, der Bertl vom Feichtl, der Lenz-Sebastian und all die übrigen „Helden" der Festivitäten. Wo immer es nach Bier roch und die Röcke der Dirndln wehten, war diese Gesellschaft nicht fern. Das, was sie als „Gaudi" bezeichneten, überstieg meistens die Grenzen des guten Geschmacks.

„Öha, der Rainmoser kommt!" schallte es ihm entgegen. „Hast bei deinem Alten ein wengl Diridari locker gemacht?"

„Gar kein Problem!" rief Hannes großspurig lachend. „Den wickel ich doch um den Finger, grad wie er's braucht. Auf geht's, Röschl. Jetzt fährst eine Runde auf meine Kosten herein. Heut lassen wir's brausen. Der Tausender wird niedergemacht bis auf den letzten Groschen!"

Es ging hoch her. Die Kuchlmagd wollte schon gar nicht mehr hinaus, denn man trieb sehr derbe Späße mit ihr.

„Stell dich nit so!“ zischte der profitgierige Röschlwirt. „Du wirst nit sterben, wenn sie dir unterm Rock umeinander griffeln. Wofür bezahl ich dich schließlich? Du bist ja nit als Pfarramtsjungfer angestellt.“

„Geh herein da, Roserl!“ grölten sie draußen und lachten. „Sei nit gar so gschamig, wirst's schon wissen ...“

So vergnügten sie sich auf ihre Art, und die Alten, die beim Kartenspiel saßen, schüttelten nur die grauen Köpfe.

„Ja“, meinte der alte Kundlbauer. „Zu unserer Zeit, da ist die Post auch abgegangen. Aber eine solche Sauerei, die hat es nit gegeben. Gar nimmer hinschauen mag man. Naa, die Zeiten werden alleweil schlechter und schlechter.“

Sie spendierten gegenseitig, bis sie die leeren Hosensäcke umdrehten. Nun, nachdem der Röschlwirt sah, daß aus dem heutigen Abend nichts mehr herauszuholen war, warf er die Gesellschaft regelrecht hinaus.

„Für heut langt's, ihr Suffköpf!“ rief er. „Geht jetzt heim in sämtliche Betten. Einmal muß Schluß sein!“

Sie maulten und schimpften noch ein wenig herum und traten dann hinaus vor das Wirtshaus. Laulind war die Maienluft und schwer vom Duft des Jasmins, der nun in wilder Fülle drüben im Pfarrgarten blühte. Dieser Duft machte die Köpfe noch rauschiger.

Mit dem Feichtl-Bertl taumelte Hannes die nachtschlafende Dorfstraße hinunter. Sie benötigten die ganze Breite und mußten sich immer wieder an den Gartenzäunen festhalten.

„Du ...", lallte schließlich der Feichtl. „Euere – Julia, die – die ist ein strammes Weiberts – geworden, ha? Eine ganz Resche, ha?"

„Ja, die – hat Feuer", hickste Hannes. „Aber sie spielt halt gar die Fromme ..."

„Auch den ganz – Heiligen werden die Flügel – gestutzt", sagte Feichtl grinsend. Häßlich, listig und verschlagen wirkte sein breites Gesicht im Mondlicht. „Der tät ich einen Besuch abstatten, der schwarzen Katz!"

Da stieg es aus den nebligen Gedanken des Rainmoser-Hannes empor, dieses leuchtende, strahlende Bild der schönen Julia. Und es war, als ob Hannes plötzlich der Teufel ritt. Auf einmal wollte er sie haben. Jetzt und heute nacht ...

Er verabschiedete sich von seinem Wirtshauskumpan und wankte der Heimat entgegen. Still lag der Rainmoserhof im Mondenlicht. Es war, als würde die silberweiße Scheibe Hannes noch ermunternd angrinsen.

Und dann sah er die Leiter an der Schuppenwand lehnen. Mit einem zusammengekniffenen Auge zielte der Bauernsohn zu Julias Kammerfenster. Es war nicht geschlossen, sondern stand einen Spaltbreit offen.

Mit angehaltenem Atem lauschte der Hofsohn in die Stille der Nacht. Aus einem Kammerfenster, welches ein bissel weiter links lag, drang das kräftige Schnarchen des Jakob Rainmoser.

Über Hannes' Gesicht glitt ein zufriedenes Grinsen. Dann ging er hinüber an den Schuppen, um die Leiter von dort zu holen. Dabei hatte er alle Mühe, sich leise zu verhalten.

Ganz sachte lehnte er nun die Leiter an die Hauswand. Dann lauschte Hannes noch einmal, schöpfte tief Atem und begann mit dem Aufstieg. Ganz und gar wild rauschte ihm das Blut in den Adern. Reizte ihn die Julia schon normalerweise beim bloßen Anschauen, so war die Begierde jetzt unter dem Alkoholeinfluß ins Gewaltige gewachsen. Nein, nun gab es nichts mehr, was den Bauernsohn zurückgehalten hätte ...

Hannes hatte keine Mühe, das Kammerfenster vollends aufzustoßen, und es gelang ihm sogar, ganz leise zu Werke zu gehen.

Mondlicht erhellte die Kammer. Dort drüben im Bett lag Julia. Das Haar, das sie am Tage zu einer Zopfkrone aufgesteckt trug, umrahmte nun ihr süßes Gesichtl wie ein dunkler Strahlenkranz. Einen bläulichen metallischen Schimmer hatte das Haar. Ganz feuchte Hände bekam Hannes bei diesem Anblick. Dann schlich er näher und näher. Und nun vermochte er es nicht mehr zu verhindern, daß die alten Dielenbretter unter seinen vorsichtigen Tritten verhalten knarrten.

Erschrocken fuhr das Mädchen Julia in die Höhe. Nur einen kleinen Moment dauerte es, bis sie erkannte, wer da an ihrem Bett stand.

„Hannes, was willst du …?“

Weiter kam sie nicht. Er hatte ihr seine kräftigen Pratzen auf den Mund gepreßt.

„Wenn – wenn du schreist, hernach – bring ich dich um!“ keuchte er dicht an ihrem Ohr. Alkoholdunst wehte Julia in das Gesicht. Neben dieser schrecklichen Angst und diesem namenlosen Entsetzen stieg würgende Übelkeit in ihr hoch.

Verzweifelt versuchte sie sich zu wehren. Doch seine Hände waren ganz einfach stärker. Mit einer Hand preßte er ihr den Mund zu, und die andere riß ihr das Nachthemd auseinander. Gierig, wie ein wildes Tier fiel der Erbe des Rainmoserhofes über die wehrlose Julia her.

Feurige Räder begannen sich vor Julias Augen zu drehen. Wie sollte sie auch wissen, was nun mit ihr geschah? Sie fühlte brennenden Schmerz und versuchte zu schreien. Doch Hannes verstand es, ihre Schreie zu ersticken. Wie lange dieser Folter gedauert hatte, vermochte Julia Berger später nicht mehr sagen. Irgendwann nahm der Hofsohn seine Hand fort von Julias Mund.

Sie schrie nun nicht mehr. Mit weit aufgerissenen Augen lag sie auf dem Bett und starrte zum Deckengebälk empor. Wie frierend zerrte sie das zerfetzte Nachthemd über der Brust zusammen.

„Wehe, wenn du jemandem etwas sagst!" hörte sie den Hofsohn nun drohend sagen. „Dann geht es dir dreckert. Wenn du deinen Mund hältst und hin und wieder mal nett bist, dann ..."

„Raus!" stieß sie hervor. Nein, ihre Stimme hatte gar nicht so sehr laut geklungen. Aber sie klang schneidend scharf und eisig kalt. „Schau, daß du rauskommst!"

Nein, er ließ sich auf keine Diskussion ein. Er verschwand auf dem gleichen Weg, auf dem er gekommen war und ließ die Fensterflügel offen stehen. Weiß grinste die Mondscheibe herein ...

Heftiges, trockenes Schluchzen durchdrang die Kammer. Julia versuchte, es in ihrem Kissen zu ersticken. Beschmutzt und besudelt fühlte sie sich, erniedrigt und zutiefst gedemütigt. Nein, von den Dingen zwischen Mann und Frau hatte sie noch nichts gewußt. Sie hatte nicht gewußt, daß es so geschah, auf diese Art und Weise. Das blanke, nackte Entsetzen beutelte sie bis in die Seele hinein.

Warum, du großer Gott im Himmel, warum denn nur? Das konnte doch nicht sein, was sie Liebe nannten? So durfte es doch nicht sein. Und wenn es so war, dann lohnte es sich, dafür zu sterben ...

Wankend stand sie auf und schloß das Fenster. Sie hatte keine Beherrschung mehr. Heftig holperte das Schluchzen aus ihr heraus. Das Mädchen lehnte am Fenster und starrte in die Mondnacht. Wie häßlich dort draußen alles war mit einem Male. Ja, die Welt hatte ihr Gesicht gewandelt. Wie höhnisch blinkten die Wasser der Ache herauf, und die Weiden an ihren Ufern waren wie dunkle, angsteinjagende Tiere. Und diese Berge, sonst so schön im Sonnenschein! Häßlich schwarz und bedrohend wirkten sie, so, als wollten sie in einem jeden Augenblick über das Mädchen Julia herfallen und den schmalen Körper mit ihrer Wucht zermalen ...

„Ja, Julia, was ist denn?"

Ein schmaler Lichtstreif fiel von draußen in die Kammer. Langsam drehte sich die Magd um. Gespenstisch weiß war das Gesicht. Dort an der Tür stand die kleine, verhärmte Bäuerin in ihrem langen, baumwollenen Nachthemd und blickte Julia bittelnd an. Durfte Julia nun dieser Frau sagen, daß sie den Hofsohn als ein Schwein betrachtete? Dieser zarten, herzensguten Frau, die wie alle Mütter ihre Wünsche und Sehnsüchte hegte und pflegte und deren Söhne die Pflanzen waren im Garten der Seele. Durfte Julia eine Welt zerstören mit nur einem Wort?

„Es ist nichts, Bäuerin", würgte das Mädel tapfer heraus.

„So hast gewiß schlecht geträumt, Madl?" kam

es in inniger Güte und Besorgnis, so daß es Julia schier das Herz im Leib herumdrehte vor Weh.

O Gott, wie kannst du die Liebe neben den Schmutz stellen?

Warum rückst du das Licht hinein in den schwarzen Schatten der Nacht?

Weit bog Julia den Kopf zurück und blickte hinauf zu den Sternen dieser Nacht, die durch die Tränenwand wie ein funkelndes Meer flitterten.

„Ja, nur geträumt ...", flüsterte das Mädchen Julia, das nun eine Frau war. „Nur schlecht geträumt ..."

„Was ist mit ihr?" klang Martins Stimme auf, und Julias biegsamer Körper wurde wie Stahl. Auch Martin war ein Mann! Er war auch der Schmutz in der Liebe! Was war sie, diese Liebe, dieses Heilige der Kindertage? Dahingeschlachtet in wenigen Minuten. Ausgerissen das Pflänzchen mitsamt der Wurzel und hineingetreten in den Höllengrund aus Ekel, Schmerz und Widerwärtigkeit.

„Geh du raus!" schrie Julia in ihrer hellen, panischen Angst. Sie hatte plötzlich das Maß für die Dinge verloren. Zu nah war ihr noch das Gefühl des Mannes, und es würde wohl ewig brennen in ihrem Leib, wie ein glühendes Eisen. Ein Wundmal war da, viele würden folgen. Narben sollten bleiben. „So geh doch!" schrie Julia. „Geh, geht alle hinaus. Oh, geht doch!"

„Schlecht geträumt hat sie", sagte Marie mitleidig und schloß die Tür.

O ja, nur schlecht geträumt und nicht mehr ...

★

„Ja, Julia!" sagte die Rainmoserin erschrocken, als sie das Pappköfferl ihrer Magd in der Diele stehen sah. Julia trug ein schwarzes Gewand und hatte das Fürtuch aus dem Muttererbe über das Haar gelegt. „Du willst doch nit etwa fort so Knall und Fall?" Richtiges Entsetzen und auch Ratlosigkeit lagen in Augen und Stimme der rechtschaffenen Rainmoserin.

„Ja, ich gehe fort. Noch heute", sagte Julia. Ihre Stimme klang ruhig, glatt und ohne besondere Artikulation. Sie erinnerte an einen träge ziehenden Fluß, der lehmiggelbe Flut führte, nach unendlichem Regen. „Ich muß fort, Rainmoserin. Ich kann es nicht erklären, und ich will es auch nicht. Es liegt nicht am Hof. Nein! Aber ich muß nun gehen. Meine Zeit hier ist vorbei!"

Ruhig und hoch aufgerichtet stand sie da. Ihr Gesicht war glatt, und um die Lippen spielte ein ganz leises Lächeln, aus der tiefen Wehmut geboren. Nein, Julia wollte keinem weh tun. Aber wäre sie geblieben, so hätte sie den eigenen Schmerz nicht ertragen. Neben diesem Mann zu leben, würde ein Gefrorensein bedeuten, für einen jeden einzelnen Tag, den die Morgensonne gebar. Und jeder Mondstrahl würde sich tief hineinbohren in die Seelenwunde, jeder Windhauch daran reißen und zerren, wie der Hund am Fleischbrocken.

„Nein, ich verstehe das nit, Madl", jammerte Marie. Begreiflicherweise suchte sie den Fehler bei sich. „Haben wir dich denn gar so schlecht bezahlt? Du warst doch gut gehalten. Und der Bauer hat dich nit angegrantelt. Ach, Julia, tu mir doch das nit an …"

Ja, sie begann zu weinen, und Julia meinte, die Tränen würden aus ihren eigenen Augen fließen. Doch selbst das Mitleid war nicht stark genug, Schmerz und Scham hinwegzuschwemmen.

„Ich kann nit drüber reden, Bäuerin", flüsterte Julia nun ganz matt. Würden sie die Beine denn noch ein bissel tragen? Wenigstens bis hinunter ins Dörfl? Diese Schwäche, diese erbärmliche Schwäche.

In diesem Augenblick kam Martin herein. Wie angewurzelt blieb er stehen, blickte zu Julia, zum Koffer, dann zur Mutter und schließlich wieder in Julias dunkle Augen.

„Fort?" ächzte er. „Du, du willst fort, Julia?"

„Ja", weinte die Bäuerin heiser und bitterlich auf. „Und sie sagt nit warum. Ach, Martin, red du doch mit ihr …"

„Ich will mit keinem reden. Am allerwenigsten mit Martin!"

„Hab ich dir etwas getan?" fragte der junge

Mann fassungslos und kam langsam auf sie zu. Julia wich zurück. Wie lebendig wurden sie nun wieder, diese schwarzen Schatten der vergangenen Nacht. Nein, diese Augen waren es freilich nicht gewesen, und auch nicht diese Hände, die sich ihr nun zitternd entgegenreckten.

„Rühr mich nit an!“ kam es messerscharf. Julia hatte eine Vase ergriffen und zitterte am ganzen Leib. „Tast mich nit einmal nur an, Martin. Keiner langt mich an. Niemand, hörst du?“

Gelähmt vor Entsetzen blieb Martin Rainmoser stehen. Was war da geschehen? Was hatte diese Julia so verändert? Sie, die so still und gut gewesen war, nie laut, nie wild …

„Ja, was hast du denn bloß?“

„Nur schlecht geträumt!“ sagte sie stählern. „Und jetzt gehe ich fort von hier, und keines wird mich halten!“

Aufweinend lief die kleine Bäuerin hinaus, denn Julia war ihr nicht nur als Magd ans Herz gewachsen. In ihren heimlichen Wunschträumen hätte sie das Madl gern an der Seite ihres Jüngsten gesehen. Ja, auch wenn es nur ein Traum bleiben konnte, geträumt hatte sie ihn oft und ein schönes, stolzes Paar gesehen, wie geschaffen füreinander an Leib und Seele.

„Julia …“, stammelte Martin.

„Laß!“ wehrte sie spröde ab und blickte zum Fenster hinaus. Der Flieder war verblüht. Braun und unansehnlich saßen die einstmals so schönen Blütenkerzen im Gezweig. Regentropfen tränten an ihnen herab. Nein, es gab plötzlich nichts Schönes mehr in der Welt. Jedenfalls nicht für diese Julia, die konfrontiert wurde mit dem Tier im Menschen.

„Julia, ich habe dir schon lange etwas sagen wollen", würgte Martin schließlich heraus. „Ich hab dir sagen wollen, daß ich dich unendlich liebe. Ich werde einmal reich und berühmt sein, und du wirst meine Frau werden."

Jetzt herrschte Schweigen. Nur das Atmen dieser beiden Menschen war im Raum zu hören.

Langsam drehte sich Julia um und sah Martin lange an. Eine beeindruckende Skala vieler Empfindungen lief in dieser kurzen Zeit über ihr Gesicht und endete in einem müden, wehen Lächeln. Dann schüttelte Julia den Kopf.

„Ich werde niemandens Frau sein – niemals", sagte sie. „Das, was du mir jetzt gesagt hast, war sehr schön, Martin. Und vor kurzem noch hätte es mich jubeln gemacht. Doch du sagst es zu spät."

„Aber warum?" schrie er plötzlich. „Um Gottes willen, sag mir doch, warum es zu spät ist?"

„Wenn der Wein einmal zu Wasser geworden ist, bleibt er Wasser", sagte sie. „Nein, vergessen werde ich es nicht, was du gesagt hast, Martin. Doch du mußt es vergessen, denn es kann, wie so vieles im Leben, nur ein Traum bleiben. Vergiß mich, du wirst es müssen. Mehr kann ich dir jetzt nicht sagen, und was einmal sein wird, das weiß ich nicht. Leb wohl, Martin!"

„Aber Julia, ich ..."

„Leb wohl", sagte sie noch einmal, und diesmal schärfer. Dann nahm sie ihren Koffer und ging zur Tür. „Es ist nicht deine Schuld", sagte sie dort.

„Wessen Schuld ist es denn?"

„Das weiß Gott allein", erwiderte Julia ernst. „Aber man kann ihn nicht fragen."

So verließ sie das Haus. Droben im Oberstock wurde eine Gardine zur Seite geschoben. Dahinter tauchte Hannes' verquollenes Gesicht auf. Hannes sah, daß Julia ging, und es war ihm ganz recht, denn er wußte, warum.

★

Beim Röschlwirt setzte sich das Mädchen in den Garten. Wolkenfetzen wurden vom Wind über die Berge ins Tal gezerrt. Es war kühl, und Nieselregen hatte seit dem frühen Morgen eingesetzt. Julia schob das Fürtuch fester in die Stirn.

„Ja, Julia?" fragte eine helle Stimme. „Warum hockst du denn da im Regen.

Fräulein Katherina, die Wirtschafterin aus dem Pfarrhaus, kam aus dem Kramladen und spannte eben den Schirm auf. Verwundert kam die überschlanke Frau heran.

„Ich wart auf den Postbus“, sagte Julia und versuchte ein Lächeln.

„Aber doch nit im Regen!“

„In die Wirtschaft geh ich nit“, sagte Julia. „Es sind ja nur noch ein paar Minuten ...“

„Heut ist Samstag, Julia. Der Mittagsbus fährt nicht.“

„Ach?“ fragte Julia erschrocken.

„Der nächste geht heut nachmittag um halb vier, und du kannst doch nicht solang hier sitzen bleiben? Und überhaupt? Hat es beim Rainmoser etwas gegeben? Du warst doch dort in Diensten?“

„Ich hab den Dienst gekündigt“, sagte Julia und senkte den Kopf. Sie wollte keine Erklärungen abgeben. Dazu sah sie keinerlei Verpflichtung.

„Na ja, gut“, meinte Fräulein Katherina. „Egal wie es auch ist. Du kannst bei mir im Pfarrhaus warten, bis der Bus fährt, denn bis heut Nachmittag bist du ganz und gar durchweicht. Also komm!“

Julia nahm ihr Köfferl. Nein, sagen würde sie nichts. Nicht ein einziges Wort. Lieber würde sie sich wieder in den Regen setzen und durchweicht sein ...

Doch Fräulein Katherina stellte keine Fragen mehr. Sie kochte Kaffee und plauderte über alles mögliche.

„Hast schon wieder einen Dienstplatz?“ fragte sie dann.

„Noch nicht“, bekannte Julia zaudernd. „Aber ich werd schon etwas finden, irgendwo!“

„Also, Julia, soviel Unüberlegtheit hätte ich dir nit zugetraut!“ schalt die Pfarrhauserin. „Einfach davonlaufen in eine ganz ungewisse Zukunft hinein. Aber ich will dich nit fragen. Du wirst schon deinen Grund haben. Ach, da fällt mir etwas ein!“

Sie setzte sich und legte den Finger an die Lippen, wobei sie nachdenklich an die Decke blickte. Julia schwieg zu allem.

„Ich wüßt vielleicht einen Platz für dich!“

„Ja?“

„Ja, aber es ist halt ein Platz, an den keine gern hingeht, weißt. Ein Wittiber ist er mit einem Sohn. Der Bub ist blind und hockt in einem Rollstuhl. Ein Unfall war es. Ach ja, ein solcher Platz erfordert Kraft und Nächstenliebe!“

Nächstenliebe! Wie konnte sie die geben nach dem Ereignis in der vergangenen Nacht? Wie sollte sie imstande sein, das Opfer der Fürsorge darzubieten?

„Er zahlt nicht schlecht, der Heiligenhofer“, sagte Katharina „Ich wäre ja auch gern hin, aber der Herr Pfarrer läßt mich nit fort. Brave Leut sind es, und ich frag mich wirklich, warum der Allmächtige sie so arg gestraft hat für nix ...“

„Ich geh hin!“

Schlicht, fest und von einer unheimlichen Bestimmtheit standen diese Worte plötzlich im Raum.

„Wirklich?"

„Ja", sagte sie. „Ein gestrafte Leut muß dem anderen helfen. So ähnlich steht's doch in der Schrift geschrieben. Und wenn man hilft, darf man auf Gnade hoffen, oder nit?"

„Ja, ja, schon!" stammelte die Pfarrhauserin und wunderte sich über die sonderbaren Worte aus dem Mund dieses jungen Mädchens. Es war, als würde eine alte Frau sie gesagt haben. „Ich müßt halt erst einmal anrufen, ob der Platz nit besetzt ist."

„Dann rufen S' doch an, bitt schön!"

„Gleich?"

„Sofort", sagte Julia und schloß die Augen. Vielleicht kam es so, wie die Mutter einmal gesagt hatte in frühen Tagen: Wenn man das Leid eines anderen wichtig nimmt, verliert das eigene an Bedeutung und hört auf zu schmerzen.

Noch immer recht verwundert über diese junge, alte Julia ging Fräulein Katherina in das Studierzimmer des hochwürdigen Herrn, der seinem Nachmittagsschoppen in der Wirtschaft frönte. Nach einer Weile kam die Hauserin zurück und strich ihre Schürze glatt.

„Der Heiligenhofer kommt selbst mit seinem Auto", erklärte sie. „Wenn du ihm zusagst, will er dich gleich mitnehmen. Ich hoffe, es ist dir recht?"

„Ja, es ist mir recht, und ich danke Ihnen recht schön, Fräulein Katherina", antwortete Julia, wobei sie versuchte, Ordnung in ihre Gedanken zu bringen.

Später saß Julia mit dem Pfarrer und Katherina am Tisch. Es gab einen Eintopf und hernach Guglhupf mit Vanillesoße. Man nahm das Mahl schweigend ein. Später plauderte der Pfarrer ein paar belanglose Wort mit Julia, bis er sich zu seinem Mittagsschlaf zurückzog.

Kurze Zeit später fuhr ein Auto in den Pfarrhof. Ihm entstieg ein kleiner, rundlicher Mann. Man sah ihm den Bauern an, obwohl er einen fast städtisch wirkenden Lodenanzug trug.

„Das ist der Auwanger-Justus", haspelte Katherina geschäftig hervor. „Ihm gehört der Heiligenhof z' Waldenbach im Prölstal." Mit diesen Worten rannte sie trippelnd hinaus in den Pfarrhof. Vom Fenster aus sah Julia, wie die Hauserin gestikulierend zum Haus wies und der Heiligenhofer ein paarmal nickte.

Wenige Minuten später stand Julia vor Justus Auwanger, der sie mit seinen hellen Augen musterte.

„Ich hoff", sagte er bedächtig, „es ist keine Unehrlichkeit gewesen, die dich weggeführt hat von deinem Dienstplatz?"

Julia wurde brandigrot und senkte den Kopf.

„Nein, gewiß nit", murmelte sie. „Kannst ja nachfragen auf dem Rainmoserhof. Ich bin – privat weggegangen. Muß ich darüber reden?"

„Nein", sagte der Heiligenhofer. „Das Private

geht mich nix an. Nur die Unehrlichkeit mag ich nit. Katherina hat es dir erzählt? Ich meine das mit meinem Sohn? Toni ist fast blind und querschnittsgelähmt. Es war ein Unfall mit dem Traktor, und ich will nit, daß darüber gesprochen wird."

„Das habe ich verstanden", sagte Julia. „Auch ich will nicht gefragt werden über meine Sachen." Das hatte Julia sehr fest und bestimmt gesagt, auch auf die Gefahr hin, daß er nun nicht mehr an ihren Diensten interessiert sein könnte.

„Dann ist es gut", meinte er. Nun handelte er mit ihr den Lohn und die Arbeitsbedingungen ab. Daraufhin kam Hochwürden, und die beiden Männer tranken ein Glas Kalterer miteinander.

„Du wirst es gut dort haben, Julia", sagte Katherina.

„Ich werde mein Bestes geben", antwortete das Mädchen und blickte hinaus in das graue Land. Verlorene Heimat, verlorenes Vertrauen und ödes Land, verwehter Strahlenkranz der Sonne, wundgetretenes Herz. Und nun bereit, einem anderen Leid gegenüberzutreten, in stiller Hoffnung auf eine Gnadenblüte, auf hellen Himmel ohne Wolken und auf ein kleines bißchen Sonnenschein.

★

„Mein Sohn!“ sagte Justus Auwanger. Er wies in einen abgedunkelten Raum hinein, in dem Julia zunächst gar nichts zu erkennen vermochte. Es dauerte eine Weile, bis sich die Augen an das Dämmerlicht gewöhnt hatten. Dann erst erkannte Julia den Rollstuhl, der in der Nähe des Fensters stand.

Spärliches Licht fiel streifig durch die geschlossenen Fensterläden auf ein schmales, bleiches Gesicht, auf zusammengepreßte Lippen und bräunlich schimmerndes Lockenhaar.

Ein hübscher Mensch, der dort in diesem Rollstuhl saß. Ein edles Gesicht mit gerader Nase und hoher Stirn, mit einem ausgeprägten Kinn, das Willensstärke verriet. Nur der bittere Zug um den Mund wollte nicht so recht dazu passen.

„Grüß Gott“, sagte Julia.

„Grüß Gott“, kam es farblos zurück. Und dann sah Julia zum ersten Mal diese Augen!

Ganz hell waren sie, von einer sehr intensiven Leuchtkraft. Sie blickten starr an Julia vorbei, so als würden sie in weiten Fernen etwas zu suchen haben, was so fern war, daß es des Menschen Auge niemals erblicken konnte. So sehr Julia dieser außergewöhnliche Blick erschreckte, so sehr faszinierte er sie jedoch auch.

„Toni“, sagte der Heiligenhofer nun, und Julia mußte sich über den ungewöhnlich zärtlichen Klang in der rauhen Männerstimme wundern. „Ich möcht dich mit unserer neuen Wirtschafterin Julia bekannt machen. Hier ist sie!“

Der Bauer schob Julia ein Stückl in die dunkle Stube hinein. Nachdem das Mädchen bewegungslos stehenblieb, nahm er ihre Hand und legte sie auf die seines Sohnes. Es war eine warme, fast glühende Hand von feinnerviger Sensibilität.

Julia war plötzlich, als würde dieser Mensch mit seiner Hand an ihr Seeleninneres rühren und es zu erforschen versuchen. Wie erstarrt stand sie und wagte es nicht, ihm die Hand zu entziehen.

„Du hast Angst, Julia“, sagte der junge Mann plötzlich. „Wovor fürchtest du dich?“

„Ich – ich habe keine Angst“, stammelte sie erschrocken.

„Du lügst!“ sagte er und ließ ihre Hand fahren. „Ich weiß, wann die Menschen lügen, Julia. Ich weiß, daß du dich fürchtest. Vor mir brauchst du dich nicht zu fürchten. Ich tue keinem etwas. Ich kann keinem etwas tun.“

„Aber, ich …“

„Schon gut“, sagte er. „Es ist gut, Julia. Deine Vorgängerinnen haben mich auch gefürchtet. Sie wußten nicht, wie sie mich behandeln sollten. Wie behandelt man denn einen Krüppel, weißt du es, Julia?“

„Toni, bitte!“

„Laß nur, Vater“, sagte Toni Auwanger. „Sie weiß es auch nicht. Laß mich mit ihr allein. Vielleicht läuft sie dann auch wieder davon!“

„Toni, ich ..."

„Laß mich mit deinem Sohn bitte allein, Bauer", sagte Julia. Ihre Stimme trug einen kämpferischen Unterton. Der Blinde horchte auf und legte dabei den Kopf ein klein bissel zur Seite. Justus verließ achselzuckend die Stube.

„Nun?" fragte Toni nach einer Weile mit unverhohlenem Spott. „Hat es dir die Sprache verschlagen?"

„Nein", antwortete sie. „Du solltest das Wort Krüppel nicht in den Mund nehmen!"

„Es ist die Wahrheit, und Wahrheiten sind nun einmal häßlich. Es gibt keine Wahrheit ohne Grobheit und kein Kompliment ohne die Lüge."

„Ja, die Wahrheit kann häßlich sein", gab Julia zu. „Doch genügt es, daß man um häßliche Dinge weiß und mit ihnen leben muß. Sie dauernd vorzuhalten ist überflüssig."

„Wie alt bist du?"

„Achtzehn."

„Oh", meinte er überrascht. „Ich hab dich für älter gehalten, denn so redet keine Achtzehnjährige. Nein, so nicht. Es sei denn ..."

„Was?"

„Ich weiß nicht. Vielleicht hat dich das Leben zu schnell erwachsen werden lassen? Ich bin auch über Nacht erwachsen geworden, damals, und ich will nicht mehr daran denken, an das, was mich so erwachsen gemacht hat über nur eine Nacht."

„Dann gleichen wir uns“, sagte Julia herb. „Auch ich will über diese Dinge nicht sprechen. Du hast dich als Krüppel bezeichnet. Es gibt für den Menschen viele Bezeichnungen. Doch gleich, was man auch von einem sagt. Ich werde dich also wie einen Menschen behandeln und versuchen, dir das zu ersetzen, was dir fehlt.“

„Meine Augen?“ fragte er wie neugierig. „Könntest du meine Augen ersetzen?“

„Nein, das wohl nicht“, gab Julia nach kurzem Überlegen zu. „Aber du könntest lernen, mit meinem Auge zu sehen. Wenn man einen Menschen trägt, ersetzt man ihm die Beine, und wenn man ihm sagt, was man sieht, dann ist man wie das Auge. Es ist einfach, wenn man will. Ja, man muß es wollen.“

„Und du wolltest es?“

„Ich habe es noch nie vorher getan“, sagte sie und blickte ihm in das Gesicht. „Ich werde es versuchen, und ich werde es auch erst lernen müssen.“

„So wie du hat noch keine mit mir gesprochen. Sie sagten, sie hätten Mitleid mit mir ...“

„Mit mir hat auch keines Mitleid!“ fiel sie ihm hastig und herb ins Wort, weil das noch in ihr wirkte, was auf dem Rainmoserhof vorgefallen war. „Mitleid hilft nicht und ist gefährlich.“

„Gefährlich?“

„Ja, weil es die Dinge beschönigt und weil man sich dann selbst belügen muß. Mitleid ist ein verlogenes Wort, denn die wenigsten leiden mit, wenn sie davon sprechen. Sie sagen es, um sich zu entschuldigen."

„Verzeih, aber jetzt fürchte ich dich ein bissel. Woher nimmst du diese Worte, Julia?"

„Woher?" fragte sie leise. „Es sind nun einmal die Dinge des Lebens, die man lernt. Es ist gut, daß wir nicht alles wissen."

„Wie – wie meinst du das?"

„Alles zu wissen, das heißt reif zu sein", sagte Julia. „Und nach der Reife kommt die Ernte. Nein, ich möchte nie alles wissen."

„Du bist anders als alle anderen", sagte Toni.

„Kein Mensch gleicht dem anderen", sagte sie.

„Weißt du, ich muß dir ein Geständnis machen. Ich habe die anderen immer verjagt. Ich habe ihnen soviel Angst gemacht, daß sie weggelaufen sind. Daran hab ich Freud gehabt, wo es doch sonst nichts gibt, über das ich mich freuen könnte."

„Nun", meinte Julia und mußte lächeln. „Jetzt mußt du dir mit anderem eine Freude machen. Ich habe keine Angst vor dir, und ich werde auch nicht weglaufen."

Mit ein paar raschen Schritten trat sie auf das Fenster zu.

„He, was tust du?" rief er aufgebracht.

„Ich mach das Fenster auf und laß Luft herein", sagte sie. „Draußen beginnt d' Sonn zu scheinen, derweil du ein Gesicht hast, wie ein Trumm Graukäs!“

Er versuchte zu protestieren. Doch Julia ließ die Läden zurück. Helles Sonnenlicht flutete in die Kammer, und ein prächtiges Land glitzerte vor den braunen Mädchenaugen.

Waldige Hügel stiegen aus dem Dunst, über denen sich ein wildes Gezack erhob, dessen Gestein nun im Sonnenlicht die Augen schier zu blenden schien. Herrliche, tiefgrüne Wälder, die an den Hängen emporstiegen, ein Baum den anderen überragend und emporstrebend in das karstige Gefels mit seinen Latschen und den blutroten Almrauschgründen. Wehende Nebelschwaden trugen den Duft von Bachwasser und Harz in die Stube und füllten sie mit einem Hauch von dem, was die Welt so majestätisch und erhaben macht.

„Ein Garten Gottes“, sagte Julia andächtig.

„Was – was siehst du?“

„Oh, so viele Dinge“, sagte sie überwältigt. Und dann begann sie ihm alles zu schildern. Oh, wie wuchsen sie vor Tonis Augen empor, die heiligen Dome der Wälder, überschwebt von ziehendem Gewölk, welches das Sonnenlicht so schön färbte. Grüne, aufstrebende Saat auf schwarzbrauner, gesegneter Erde, und blühende Wiesen, die wie ein buntes Meer in der Ferne verwogten. Dort hineinkarriert die Felder, die Schindeldächer der altersgebleichten Feldscheunen und die weißsteinigen Wegerln, die alles mitsammen verknüpften.

Drüben der Zwiebelturm der Kirche, dessen Haube wie blankgewaschen freundlich grüßte. Die prächtigen Höfe mit ihren urwüchsigen Bauerngärten, in denen jeder Monat neue duftende Fülle und Vielfalt brachte. Dahinter die Gütln der Häuslerbauern und die kleinen Weidegründe mit gescheckten Ziegen und wolligen Lämmern.

Und über allem ein Himmel, so hoch und so weit, daß der Mensch darunter nicht mehr blieb als ein Saatkorn in der Lenzerde eines einzigen Ackers.

„So schön ist das Land?“ fragte Toni flüsternd.

„Ach, viel schöner noch“, sagte sie leise. „Mir ist, als müßt ich dir sagen, wie Gott aussieht. So schön und noch schöner ist das Land.“

Und plötzlich war seine Hand da. Eine zart tastende Hand, bittelnd ums „Verlaß-mich-nit“, flehend darum, weiterhin die Augen zu sein, die herausführen konnten aus dieser unheimlichen Finsternis, hinaus in ein Land voller Licht und Leben.

„Nein!“

Fast ein Schrei war es, der den Zauber im Stüberl messerscharf zerschnitt und alles Warme und Herzliche hinauswehte durch das offene Fenster. Jäh hatte Julia die Hand zurückgezogen, so, als würde sie eben Feuer berührt haben.

„Nein", bat sie keuchend. „Bitte, Toni, bitte rühr mich nie an. Niemals, hörst du?"

„Aber ich ..."

„Wenn dir daran gelegen ist, daß ich bleibe und dein Auge bin, dann tu es nicht. Ich bitte dich darum."

Die letzten Worte waren hineingetröpfelt in den hochsprudelnden Tränenstrom, geboren aus der unheimlichen Macht der Berührung eines Mannes.

O nein, sie begriff ja nicht, daß eine Männerhand nicht nur quälen, sondern streicheln und zärtlich sein konnte. Das Erleben um die Hand eines Mannes hatte sich manifestiert wie der ebenso nur einmalige Tod im Leben des Menschen.

Nicht Erfüllung der Sehnsucht um die Liebe des Mannes hatte ihr eine Hand gebracht, sondern das im Keim erstickt, was seine Zeit noch gebraucht hätte, um zu wachsen und zu reifen, um sich dann darzubieten mit aller Hingabe und Liebe, gleich einem Geschenk.

Zertrampelt die Knospe, noch ehe sie zur Blüte geworden war. Würde die Allmacht an diesem Bäumchen des Lebens noch einmal jene Knospe sprießen lassen, die ihm nur einmal zugedacht war, wie jedem Menschen? Oder würde das Bäumchen leer und fruchtlos bleiben, einmal seine Blätter abwerfen und schließlich hineinsinken in den Staub und damit in den Kirchhof der Zeit?

Hinausgelaufen war Julia, würgte vor Tränen, die sie nie wieder hatte weinen wollen. Und ahnte sie nicht das Unrecht, das sie nun angetan hatte? Stieg es nicht dunkel aus den Gründen ihrer Seele? Doch nein, da war dieser schwarze Schatten der entehrenden Berührung, glitschig, grinsend und boshaft. Jene pechschwarze Hand, die nicht nur den Mund, sondern auch alles andere verdeckte und ihn hinwegdrängte, den Hauch allerersten Zärtlichkeit …

„Zum Donnerwetternei!" hörte sie plötzlich den Heiligenhofer schimpfen. „Er hat dich also auch so sekkiert, gell? Also jetzt …"

„Nein", sagte Julia und zerrte das Fürtuch von der Schulter rasch ins Gesicht, um das brennende Naß herauszuwischen. „Nein, Bauer. Ich bin nur eine blöde Gans. Das ist es. Ich weiß gar nit, warum ich heule. Ich bitt gar schon um Vergebung. Ich lauf nit weg."

„Aber weshalb weinst du?"

„Ach, es ist wirklich nichts", versuchte Julia auszuweichen. Eine gewisse Verlegenheit breitete sich in ihr aus. „Vielleicht sagst du mir besser, wo ich wohnen kann. Ich möcht ja meine Sachen auspacken und mich gleich mit dem Haus vertraut macht. Es gibt viel zu tun."

„Du bist ein sehr sonderbares Mädchen, Julia", meinte der Bauer und betrachtete sie dabei kopfschüttelnd.

War sie wirklich so sonderbar, diese Julia?

★

Jakob Rainmoser zeigte sich recht betroffen davon, daß Julia so plötzlich das Haus verlassen hatte. Sehr verwundert zog er seine Brauen in die Höhe. Nein, die Abneigung früherer Jahre war vergangen. Julia war eine gute, fleißige Magd gewesen und hatte die Erwartungen des Rainmosers weit übertroffen. Es hatte keinen Grund gegeben, ihr ungut zu sein. Doch sie war einfach gegangen. Weshalb?

„Sie hat es doch gut gehabt bei uns?" sinnierte Jakob. „Sie war doch auch nicht schlecht bezahlt und nit garstig gehalten. Sie hat zu uns gehört. Hat sie nix gesagt?"

„Nein, Vater", schaltete sich Martin ein, während Marie noch immer in ihre Schürze schluchzte, so nahe ging ihr Julias Fortgang vom Hof. „Ich denke aber, daß etwas passiert sein muß!"

„Passiert?" fragte Rainmoser mit gefurchter Stirn. „Was sollte passiert sein?"

„Eben das weiß ich nicht, Vater", erklärte Martin. „Aber sie war so verstört, so entsetzt und erschrocken. Ja, sie machte den Eindruck, als hätte sie jemand geschlagen."

„So ein Schmarrn!" empörte sich der Bauer. „Wer sollte hier denn einen Grund gehabt haben, Julia zu schlagen?"

„Vater, ich weiß es wirklich nicht. Aber du hättest sie sehen sollen. Als ich meine Hand nach ihr ausgestreckt hab, um sie zu beruhigen, hat sie gar nach einer Vase gegriffen. Sie hätt diese Vase geworfen, Vater!“

„So?“

Aus dem Augenwinkel heraus sah Jakob einen, der sich aus der Stube schleichen wollte. Mit gesenktem Kopf ging er zur hinteren Tür und drückte klammheimlich die Klinke. Die Zeit über war er mit rammdösigem Gesicht im Ofeneck gehockt und hatte vor sich hingestiert.

Jakob Rainmoser ließ seinen Ältesten gehen. Doch die Augen wurden sehr schmal, und man sah, daß der Alte nun überlegte.

„Na ja“, meinte er schließlich mühsam beherrscht. „Es wird wohl ihre Entscheidung gewesen sein. Schade, denn eine wie Julia bekommen wir wohl nimmermehr.“

Später machte sich der Alte auf die Suche nach seinem Sohn. Er fand ihn hinter der alten Scheune bei den unkrautumwucherten, ausrangierten Landmaschinen ihrer Tage. Dort hockte Hannes auf einem rostigen Pflug und zog einen Grashalm durch den Mund. Als er den Vater mit langen Schritten und zornrotem Gesicht herannahen sah, sprang er vom Pflug.

„Ist etwas?“ wollte er wissen.

„Das frag ich dich, Bürschl!“ stieß Jakob hervor. Und schon hatte er seinen Sohn am Hemd geschnappt, es zusammengedreht und Hannes an sich herangerissen. „Was war mit Julia?“

„Julia …?“

„Frag bloß noch, welche Julia!“ zischte der Bauer in ohnmächtiger Wut. „Dann hau ich dich aufs Maul, daß dir ’s Rettl runterläuft!“

„Dumm angredet hab ich sie wahrscheinlich.“

„Weil du wahrscheinlich wieder bis über den Hintern hinauf besoffen warst, oder?“

„Halt g’feiert haben wir grad ein bissel beim Röschlwirt, der Gaudi halber“, maulte Hannes. „Das wird man ja noch dürfen, wo man die ganze Woche hart arbeitet.“

„Hast du da grad etwas von ‚hart‘ gesagt, oder hab ich mich verhört, ha?“ erkundigte sich der Bauer lauernd. Eisenfest war sein Griff, und Hannes wurde die Luft schon ein bissel knapp, denn sein Stiernacken schwoll an.

„Du Drecksack!“ stieß Jakob hervor. „An die Wäsch hast ihr wollen, der Julia, oder? Seit Wochen seh ich es schon an deinem Gesicht, wie sie dir grad rausgehangen ist!“

„Nur dumm angeredet!“ log Hannes. „Kann ich wissen, daß die Nocken so empfindlich ist und gleich auf und davon geht wegen der Rederei? Beim Martin hatt sie’s Maul wohl spitz gemacht, den Rock …“

Weiter kam er nicht. Aus dem Handgelenk heraus hatte Jakob seinem Sohn ins Gesicht geschlagen. Blut rann aus dem Mundwinkel, und Hannes fuhr mit einem Finger darüber.

„Du hast mich g’schlagen?“

„Frag nit so deppert", knurrte Jakob böse. „Wenn dir die eine nit langt, dann hau ich dir noch eine hinein. Dann bist nit einseitig. So, du Fretter, ab heut weht ein anderer Wind. Da wird erst geschafft, bis Zung und Lung heraushangen. Das Wirtshaus kannst du streichen. Und wenn es dir nit paßt, hernach sagst du es. Dann kriegst einen Koffer vom Speicher herunter und kannst dich durchmachen. Anderswo werden s' einem faulen Hund, wie du einer bist, das Hupfen beibringen. Und wenn du es noch einmal bei einem Madl auf diese Weis probierst, dann – dann schlag ich dich kreuzlahm, verstanden?"

Jakob stieß seinen Sohn von sich, und Hannes prallte hart mit dem Rücken gegen die Wand der alten Scheune, daß das morsche Holz spreißelte.

„Na wart, du alter Knochen!" stieß Hannes gallig hervor, nachdem sein Vater außer Hörweite war. „Von dir werd ich mir etwas weisen lassen. Du kannst mich einmal ..."

Voller Zorn kehrte Jakob zum Haus zurück. Ach ja, er besaß ein Gerechtigskeitsempfinden und hieß das nicht gut, was möglicherweise geschehen war. Immerhin kannte der Rainmoserbauer auch nicht die gesamte, abscheuliche Wahrheit. Doch neben jenem Empfinden wohnte noch der Bauernstolz in der Brust des Bauern. Und der mußte nun mit diesem Gerechtigkeitsempfinden kämpfen.

Entschuldigung bei Julia als Sühne würde eine

Erniedrigung bedeutet haben. Doch wie ließ sich das mit dem Stolz vereinbaren? Es durfte doch der Herr nicht vor der Magd knien. Nie und zu keiner Zeit hatte es das gegeben. So beschloß Jakob, Julia ausfindig zu machen. Und da er wußte, daß sie ein „armes Luder“ war, wie er meinte, würde sich diese unselige Geschichte mit einem Batzen Geld wohl aus der Welt schaffen lassen, ohne daß man sich einen Zacken aus der Krone des Stolzes brechen würde.

Doch dieser Zacken brach halt irgendwie doch heraus, denn nachdem es so geschehen war, wie Jakob geplant hatte, hielt er wenige Tage später seine Überweisung wieder in den Händen. Julia hatte das Geld verschmäht und damit den Rainmoser in einer Weise beschämt, die für ihn sehr schlimm war. Eine Beschämung, die die Macht des Geldes aus den vermeintlich so festen Angeln hob.

★

Julia war fleißig und freundlich zu jedermann. Auf dem Hof lebte Ada Kleemüller mit ihrem Sohn Heiner. Ada war eine entfernte Verwandte des Heiligenhofers und genoß sozusagen das Gnadenbrot. Sie war Julia von Anfang an nicht wohlgesinnt, denn Julia hatte mit ihrem Auftauchen die Hackordnung von Adas Hühnerhof-Hierarchie durcheinandergebracht, wonach Ada bisher als Oberhenne gegackert und ihr Sohn als Junghahn gebalzt hatte. Nun war es etwas anders, denn die Verwandte des Heiligenhofers hatte noch nie mit Fleiß und Klugheit aufwarten können. Aus dieser Notwendigkeit heraus nahm Julia zur Freude des Bauern allmählich das Heft in die Hände, woraufhin der Ablauf des täglichen Lebens in eine bisher nicht gekannte Ordnung hineinpendelte. Immer wieder kam es zwischen Ada und Julia zu gewissen Zusammenstößen, denen Julia geschickt und ohne Streit zu begegnen wußte. Ehe Ada sich versehen hatte, war der Wind schon aus den Segeln.

„Na wart's ab, du Pritschen, du hochnasige, wirst es schon noch sehen, wer da herinnen ans Sagen kommt, Hex, schwarze, scheinheilige!"

So pflegte Ada des öfteren zu sagen. Erteilte ihr Julia einmal auf Geheiß des Bauern einen Auftrag, so kam es vor, daß Ada auf die Kirchweih einlud, wie der Volksmund ein wenig appetitliches Angebot bezeichnet.

Derb war sie halt und wohl auch dumm. Nicht viel klüger war Heiner Kleemüller. Er war schlaksig aufgeschossen, hatte rötliches, borstiges Haar, eine fahle Gesichtsfarbe mit zahllosen Sommersprossen um die etwas zu große Nase, und helle, fast farblose Augen, die listig rollende Blicke umherschickten.

Heiner war halt das, was man als einen duckmausrigen Muttersohn bezeichnete. Die dümmliche Ada ging auf seine Jammereien ein. Einmal, als sich Heiner einen kleinen Nagel in die Ferse getreten hatte, schrie Ada das ganze Haus zusammen und bestellte gar den Krankenwagen, wofür der Bauer hernach eine anständige Summe für die nutzlose Anfahrt hinzublättern hatte. Ja, Ada und ihr Heiner …

Julia fühlte, daß in allem der Heiligenhofer hinter ihr stand. Freilich traf Julia keine unsinnigen Anordnungen, und bei Dingen, bei denen es Zweifel gab, hielt sie Rückfrage beim Hofbauern. Doch der ließ Julia sehr viel freie Hand.

„Du wirst es nachher schon recht machen, Julia", pflegte er stets mit einem Schmunzeln zu sagen. Die so gelobte Julia gab natürlich ihr Bestes. Weise und mit viel Bedacht wirtschaftete sie, wie es eine reife und erfahrene Frau wohl kaum besser zu tun gewußt hätte.

Für Toni Auwanger fand sie noch viel Zeit so nebenher. Sie war oft droben in seinem Stüberl. Ihre Besuche dort waren schon so sehr zur Gewohnheit geworden, daß der Blinde sie direkt sehnsüchtig erwartete.

„Wo bleibst du denn, Julia?" pflegte er klagend zu fragen, wenn Julia einmal ein paar Minuten länger auf sich warten ließ, weil es ihr mit der Zeit nicht ausgegangen war. „Ich hab doch schon so sehr auf dich gewartet."

Das, was sie ihm dann zu sagen wußte, war wohl die Entschuldigung. Aber es klang nicht so, sondern viel mehr war es ein Bericht dessen, was sich auf dem Hof abspielte. O ja, der junge Mann wußte sehr genau Bescheid, denn Julia erzählte ungefragt. Und sie tat es so geschickt und vielfarbig, daß das Leben in bunten Bildern vor Tonis Augen entstehen konnte.

So kam es allmählich zu einer Annäherung, die man gar nicht beschreiben konnte. Von der Zartheit einer Christrose vielleicht war es. Diese Blüte, aus eisiger Kälte in die Stube geholt, verfällt nach kurzer Zeit. Vielleicht auch ein Hauch edlen, kostbaren Porzellans, welches man vor Scheu, es würde zerbrechen können, gar nicht zu berühren wagt.

Feinfühlig und unbeschreiblich behutsam war ihr gegenseitiger Umgang. Nie wieder hatte es Toni gewagt, Julia zu berühren. Doch war es wohl so, daß er die Wärme ihrer Haut ab einer gewissen Nähe zu erfühlen vermochte. Spürten sie beide, daß sie das Leben zu gleichen Maßen so empfindlich und verletzlich gemacht hatte? Nun, was die Arbeit anlangte, so konnte man von einer sehr robusten Julia sprechen. Doch hier in Tonis Stüberl hatte das Robuste keinen Platz. Es blieb draußen vor der Tür. Hier drinnen war eine andere Welt. Eine, die sie sich zusammen mit dem Blinden schuf. Eine Welt der bunten Träume von Dingen, die nicht sein konnten und die es nicht gab. Eigentlich war Tonis Stüberl jener Holzschuppen früher Tage draußen auf dem

Rainmoserhof. Doch Julia nahm dies vielleicht gar nicht so recht wahr, und sie wußte wohl auch nicht um die heimliche Sehnsucht in ihrem Herzen, die sich mit dem verband und die dieses Stüberl fern der vermeintlichen Heimat zu einem Stück Daheim wachsen ließ.

„Hundahennen, hundaverreckte!" hörte man es draußen vor dem Fenster. Ada fütterte ihre Hühner. Es waren nicht ihre, aber sie sagte es halt.

„Hörst du sie?" fragte Toni flüsternd. „Diese Ada! Manchmal hab ich Angst vor ihr. Weiß du, daß ich sie nie gesehen habe, Julia? Sag mir doch, wie sie aussieht, bitte!"

Julia zeichnete ein unwirkliches Bild, weil sie sich der Wahrheit schämte. Sie wurde rot, obwohl er es nicht sehen konnte.

Aber auf einmal lachte er.

„Nein, nein, so sieht diese Ada nit aus", widersprach er ihr. „Ich werde sie dir beschreiben." Und er beschrieb sie so, wie sie wirklich war. „Ein Grantbesen ist sie, weißt du", fuhr er fort. „Ich kann mir vorstellen, daß sie den Hühnern schon am Morgen die Eier vom Abend gern herausziehen würde, wenn es ginge. Ach, da hat sich Vater etwas angetan. Weißt du, daß sie hoffen, ich würde bald sterben? Diese Ada und ihr häßlicher Heiner."

„Aber Toni!" rief Julia erschrocken.

„Das ist wahr", sagte er ungewöhnlich ernst,

und die Blicke seiner intensiv gefärbten Augen gingen ihr durch und durch im wahrsten Sinn des Wortes. „Sie wären nach mir und Vater die einzigen Anverwandten. Deshalb sind sie hier. Sie sind hier, um auf den Tod zu warten. Aber ich werde nicht sterben, noch lange nicht. Ich – ich habe ja noch nicht gelebt."

Julia blickte ihn tief erschüttert an.

„Du schweigst?" meinte er. „Jetzt hast du wohl doch Mitleid mit mir?"

„Mitleid?" fragte sie bitter. „Ich weiß nit, ob das Mitleid ist, Toni. Man muß auch leben wollen!"

„Das sagst gerade du!" stellte er mit leiser Ironie fest. „Du scheinst zu leben, um zu arbeiten. Ein anderes Leben gibt es doch nicht für dich. Du verschließt dich doch allem, sogar der Berührung durch meine Hand."

„Das hat andere Gründe!" stieß sie hart und heiser hervor.

„Ich weiß, denn ich kenne sie!"

„Nichts kennst du!" fuhr sie ihn scharf und ekkig an.

„Meinst du?" fragte er. „Ich spüre die Schande aus deinem Zittern, Julia. Du warst zu früh zu nah an der Glut. Du hast etwas geben müssen, was du nicht geben wolltest. Du bist um etwas bestohlen worden."

„Woher weißt du das?" fragte sie atemlos vor Schreck und Entsetzen. Sie zog das Fürtuch über der Brust zusammen, so wie es damals dem zerrissenen Nachthemd geschehen war. Nackt fühlte sie sich plötzlich und hilflos. „Wer hat es dir gesagt? Es hat keines gewußt. Niemand!"

„Es weiß auch niemand", meinte er. „Ich habe es wissen gelernt, verstehst du? Nur so kann es gewesen sein. Ein Mann. Er hat dich entehrt."

„Entehrt?" flüsterte Julia kaum hörbar leise. „Es war schlimmer als das. Es war wie Feuer in mir um mich. Er ist über mich hergefallen in einer Nacht, und keines hat es gemerkt. Nur ich habe es erlebt. Es war so lange. Ich wußte nichts ..."

Über ihr ruhiges Gesicht rannen Tränen. Sie lösten etwas, was in ihr bisher so festgefroren gewesen war. Ja, ohne einen Schluchzer, während sie über diese Nacht sprach, in der man ihr etwas genommen hatte, von dessen Wert sie damals noch nichts wußte.

„Mir ist", sagte sie, „als würde ich seither nur noch zur Hälfte leben, Toni."

„Ja", sagte er ernst und nickte. „Wir sind beide Krüppel. Ich am Leib, und du in deiner Seele. Beide sind wir halb. Ach, es ist doch so merkwürdig. Meine Seele ist noch ganz, und deine halb. Dein Körper ist ganz, und meiner nur halb. Wie Gott doch die Dinge macht?"

Sie sah ihn an. Was wollte er damit sagen? Hatte die Allmacht sie am Ende beide füreinander bestimmt, so daß zwei Hälften wieder zu einem Ganzen wurden? Eine halbe Seele, und ein halber Leib zu gleichen Maßen. Nein, jetzt begriff sie es nicht. Sie war verwirrt und beschämt.

„Alle Heiligen", sagte sie erschrocken. „Wie konnte ich es dir erzählen? Ich wollte nie darüber sprechen. Niemals!"

„Aber dir ist leichter jetzt?"

„Ja", sagte Julia verwundert. „Du hast recht. Mir ist wirklich leichter."

„Mir ist nicht leicht", sagte er. „Es geschah bei mir auch über Nacht, weißt du? Morgens saß ich noch drunten im Sternbräu und hatte das Kirmessträußl am Janker. Abends wollte ich tanzen und am Sonntag auf den Alten Vater steigen und die Welt von droben sehen. Doch abends konnte ich nicht mehr tanzen, und vom Alten Vater aus werde ich die Welt nimmermehr sehen."

„Wie ist es geschehen?" wollte Julia wissen. Sie wußte nicht, daß ihm diese Frage keiner stellen durfte. Toni wurde gewöhnlicherweise fuchsteufelswild und tobte. Draußen vor der Tür stand Justus, der eben hatte eintreten wollen. Der Heiligenhofer hielt den Atem an.

„Wie es passiert ist, willst du wissen?" fragte Toni schwer atmend.

„Ja", sagte Julia. „Das will ich wissen."

„August war es. Droben am Hollanger ist unser Knecht mit dem Traktor im Raingraben steckengeblieben. Ich wollte den Traktor herausfahren. Nur ein bissel noddeln müssen, das hätte man. Ein wengl hin und her. Aber dann war auf einmal Himmel und Erde, Erde und Himmel und immer schneller, bis es schwarz war. Und es ist schwarz geblieben, und kalt in meinen Beinen."

Nun schwiegen sie beide. Nur ihr Atem war zu hören.

„Auf einmal war ich alt, Julia", sagte Toni. „Ich war so alt wie du, am Morgen nach jener Nacht. Ich habe es keinem gesagt. Keiner versteht es."

„Ich – ich verstehe es", sagte sie herb. „Und jetzt kannst du meine Hand nehmen, wenn du willst. Jetzt werde ich nicht mehr erschrecken."

„Warum?"

„Weil das Halbe in mir jetzt nimmer ganz allein ist, Toni", sagte sie. Da tastete sich seine Hand nach vorn. Lange, schlanke und so feinnervige Finger, die über ihre rauhgewordene Hand krochen und sie allmählich einhüllten in Verständnis und Geborgenheit.

In jenen Augenblicken mochte es gewesen sein, als sich hoch droben über der Welt ein Fensterl öffnete und das Gnadenblümerl niederschwebte durch Licht und Sonnenschein. Zart und winzig war es, wie aller Anfang, und eine unendliche Kraft schlummerte im verborgenen, bedurfte der Nahrung und des Brotes der Liebe, um ein Baum zu werden, der einmal blühen und Früchte tragen konnte.

Draußen vor der Tür stand ganz still der Auwanger-Justus und entfernte sich nun auf Zehenspitzen. Ahnte der Bauer von des Schicksals Wende, und durfte er nun auf eine neue Zeit hoffen und darauf, daß das Licht des Lebens die Schatten erweichte und auslöschte?

★

Jakob Rainmoser verlor zusehends die Gewalt über seine Söhne. Da war Martin, der sich nur noch durch die Zeit träumte und mehr als früher noch drüben im Holzschuppen war. Die Interesselosigkeit an der Bauernarbeit hatte zugenommen.

„Man bekommt davon rauhe Hände", pflegte Martin zu sagen. „Was soll ich später einmal mit so rauhen und verarbeiteten Händen? Sie würden nimmer taugen zum Schnitzen."

„Von mir gibt es keinen Groschen für den Firlefanz", sperrte sich Jakob mit aller Energie, obwohl er spürte, daß er seinen Jüngsten nicht halten konnte. Über kurz oder lang würde Martin die Heimat verlassen. Entweder mit oder vielleicht auch ohne Geld.

Und Hannes? Er wurde behäbiger von Tag zu Tag. Seine Wirtshausgänge mußte er wohl nach dem Handgeld einrichten. Dem Feichtl-Bertl ging es nicht viel anders. Auch der wurde daheim recht knapp gehalten und versuchte, im Wirtshaus den Herrenbauern herauszukehren.

Doch Hannes Rainmoser wußte es besser, denn Bertl sprach ja mit ihm über die Dinge. So hockten sie mit ein paar Schilling in der Tasche unter der Linde am Wirtshaus und wußten nicht, ob sie hineingehen oder es bleiben lassen sollten, denn drinnen blieb ihnen oft nichts anderes, als schließlich Schulden zu machen, deren Rückzahlung sie hernach wieder in ganz erhebliche Schwierigkeiten brachte.

Und von diesen Schwierigkeiten bis hin zur Unehrlichkeit war es kein großer Schritt mehr. Respektlos sprachen sie über ihre Väter, und die Mütter waren gerade noch gut genug, um von ihnen auf die Mitleidstour ein Extrahandgeld zu schnorren.

„Manchmal", sagte der Feichtlbursch, „möcht ich dem Alten am liebsten eines über die Goschn schlagen, so wie er daherredet. Nix vergönnt er einem, der Geizkragen, der sakrische!"

„Ja, ja", pflichtete ihm Hannes tiefsinnig bei. „Der Meinige ist grad so. Heiraten sollt ich halt, und es wär ihm Wurscht, wenn ich mit einer häßlichen Zang daherkäme, Hauptsach, sie würd einen Haufen Geld mitbringen. Aber nachdem hätte ich ja gar nix mehr vom Leben."

„Ich hab neulich zwei Hennen den Kopf abgeschlagen und sie drüben in Birnbach an den Wirt verkauft", gab Bertl nun zu. „Ihr habt doch jetzt an die zehn Kalbln im Stall stehen? Ich wüßt da einen, der sie kaufen tät ..."

„Bist du narrisch?" fragte Hannes. „Wie sollt ich dem unsere Kälber verkaufen?"

„Ja, wahr ist es schon", sinnierte Feichtl. „Du, die Witwe Geitscher vom Kolonialwarengeschäft, die hat doch alleweil ein Geld im Kassettl drin. Wenn du im Laden warst, hernach könnt ich doch bei der Hintertür hinein. Tat gar nit auffallen. Was meinst?"

Darüber beratschlagten sie eine ganze Weile. Freilich hatte Hannes Bedenken. Aber die chronische Geldnot und die Sehnsucht nach der sorglosen Wirtshausatmosphäre schoben letztlich alle Bedenken zur Seite.

Und so kam es, daß in Riedwang hier und dort gestohlen wurde. Bei der Ladeninhaberin fehlte Geld. Dann vermißte das Fräulein Katherina aus dem Pfarrhaus wieder einen Betrag aus der großbauchigen Kaffeetasse im Küchenschrank. Und einmal war gar der Opferstock in der Kirche aufgebrochen. Wer mochte es sein, der hier sein Unwesen trieb? Waren es ein paar Lumpen aus den Nachbardörfern? Nein, keine Seele in Riedwang kam darauf, daß die faulen Äpfel am eigenen Baum hingen. Leuchteten sie doch nach außen hin so schön rotwangig und gesund ...

„Ich möcht bloß wissen, woher Hannes das Geld hat, alleweil in die Wirtschaft zu gehen?" sinnierte die Rainmoserbäuerin. „Du gibst ihm doch nit so viel Handgeld, oder?"

„Er kriegt alleweil das gleiche", meinte Jakob

brummend. „Wenn er Schulden macht, dann schlag ich ihm's Kreuz ab, dem Fretter, dem traurigen!"

Nein, Schulden machte Hannes nicht, wie Jakob Rainmoser im Wirtshaus erfuhr. Doch nicht nur hier beim Röschlwirt, sondern auch in Birnbach beim Stölzlwirt waren Hannes und Feichtl daheim. Dort hantierte Linda, eine resche, freche Kellnerin, die es mit den Mannsbildern nicht so genau zu nehmen schien. Mit dieser Linda sollten die Bauernburschen schon in der Dürnwanger Diskothek gesehen worden sein, und wenn man den Berichterstattern glauben konnte, dann hatte die rote Linda fast nichts angehabt und sich wie eine Narrische aufgeführt.

Gut war der Ruf von Hannes Rainmoser und Bertram Feichtl gewiß nicht. Aber sie waren Söhne wohlhabender Väter, und so rümpfte man halt nur hinter vorgehaltener Hand die Nase. Und auf die Idee, daß man zwei ausg'schamte, gerissene Diebe vor sich hatte, wagte gleich gar keines zu kommen.

Der Bach trug die Zeit ins Land hinaus, und so wie die Blätter von den Bäumen segelten, fielen auch die Blätter vom Kalender, der sich immer wieder erneuerte: zum Lenz hin dick und schwer von Erwartung war, und im Winter dürr und mager, gleichwohl aber voller Erfüllung und voller Enttäuschung.

In diesen Tagen lernte Martin in Riedwang

eine Frau kennen, die nunmehr auf sein Leben einen gewaltigen Einfluß nehmen sollte. Sie hieß Grete Horn und war eine schlanke, elegante Erscheinung mit straff zurückgekämmtem braunem Haar und grünen Augen. Sie trug einen schweren Nackenknoten, der das Elegante und zugleich Zerbrechliche an ihr betonte.

Im Dorf hatte Martin gehört, daß diese Frau Horn etwas mit der Volkskunst zu tun haben sollte. Ja, sie suche auf den Dörfern nach neuen Talenten.

Nach einigem Zögern packte Martin ein paar seiner Arbeiten ein und machte sich auf den Weg zum Röschlwirt. Dort residierte diese Grete Horn. Und richtig fand er sie auch im Kastaniengarten sitzend und einige Votivbilder des Kraxler-Nazl studierend.

Grete Horn brachte dem jungen Bauernsohn sogleich lebhaftes Interesse entgegen und schien auch persönlich recht fasziniert zu sein. Ach ja, und Martin seinerseits war ganz und gar hingerissen von dieser hohen, schönen und so klar wirkenden Erscheinung.

„Sehr schön, Herr Hainmoser", lobte Greta Horn anerkennend.

„Noch ein wenig unreif, aber doch sehr hübsch. Sie sollten Ihr Talent nicht ungenutzt lassen. Sie müßten an sich arbeiten, junger Mann."

Sie sagte „junger Mann", obwohl sie nicht viel

älter war als er. Aber sie wirkte so hoheitsvoll und respekteinflößend, daß Martin den Protest gleich vergaß, der ihm eben noch auf den Lippen gelegen hatte. Ja, und überdies bot sie ihm ja eine Chance. Wenn es überhaupt für Martin eine Möglichkeit gab, aus der Enge des Tales herauszukommen und die Weite der Welt zu erleben, so konnte es nur mit Hilfe dieser Frau geschehen. So dachte er, und ein Wunder war es gewiß nicht.

Martin erfuhr, daß Gretes Vater einen sogenannten Kunstverlag besaß. Darunter konnte sich der Bauernsohn eigentlich nichts vorstellen. Wichtig war für ihn, daß ihm Grete Horn einen Vertrag anbot. Vorrangig für Martin war, daß die Firma Horn ihm eine Ausbildung finanzierte. Allein dies hatte Martin im Auge. Es war für ihn der Anfang davon, seine heimlichen Träume erfüllt zu sehen …

„Narrisch bist du!" polterte Jakob Rainmoser. „Von mir kriegst du keinen Groschen!"

„Ich will dein Geld gar nicht", schrie Martin erbost zurück. „Bleib nur darauf hocken, so engstirnig wie du bist."

Ein Wörtl gab das andere, so daß sich die Fronten schließlich ganz schlimm verhärteten. Händeringend versuchte Marie Rainmoser zu retten, was zu retten war. Doch es kam zum Zerwürfnis.

„Wenn du deinen Fuß hinausgesetzt hast über unsere Schwelle, dann kommst du nimmer herein!“ tobte Jakob außer sich. „Dann bist du mein Sohn nimmer, merk dir das!“

„Gut!“ keuchte Martin mit bleichem Gesicht. „Dann hab ich ab heut keinen Vater und kein Elternhaus nimmer. Noch in dieser Stunde bin ich draußen.“

„Bub, um Gottes willen!“ jammerte Marie unter Tränen.

„Aus und Schluß!“ stieß der Rainmoser hervor. „Alles hinaus mit ihm!“

„Jakob!“ versuchte Marie das harte Herz zu erweichen.

„Misch dich nit ein!“ gebot er. „Er will es nit anders, und er soll es nit anders haben. Soll nur hoch hinaufsteigen und hernach ganz tief fallen. Die Türen vom Rainmoserhof bleiben geschlossen für alle Zeit.“

So ging Martin im Zorn. Freudig nahm ihn Greta Horn mit in die Stadt, verschaffte ihm eine kleine Wohnung und meldete ihn auf einer Kunstschule an. Ach ja, so leicht machte man ihm das, diesem einfachen Burschen aus den wilden Tiroler Bergen. Jetzt wußte man halt noch nicht, ob es Glück oder Elend war …

★

Aus der einstigen kleinen Magd war eine schöne Frau geworden, die neben einem unbeschwerten Lächeln um die Lippen auch einen heiligen Ernst in den dunklen Augen trug. Hier auf dem Heiligenhof, so schien es, schritt Julia Berger einer Erfüllung entgegen.

Wunderbar war für sie das Gefühl, gebraucht zu werden und überall nützlich zu sein. Was waren die bisweiligen Angriffe der gehässigen Ada oder auch Heiners dümmliche Redereien? Nein, das vermochte die junge Frau ganz mühelos zu verarbeiten.

Mit dem blinden Toni verband Julia eine innige Freundschaft, die weit über ein gewöhnliches Maß hinausreichte. Ach ja, deutlich sah es doch ein jedes, daß das Herz des Blinden in hellen Flammen stand. Doch blieb der gelähmte Hofsohn zurückhaltend. War denn nicht Julias Zuneigung und Fürsorge schon mehr, als er sich überhaupt erhoffen durfte? Er, der nach seiner Meinung nur noch einen halben Leib besaß und nach dem Wissen der Ärzte niemals Kinder würde zeugen können. Nein, er durfte es Julia nicht zumuten, den Ring zu nehmen, den er für sie in seinem Herzen trug. Diese dunkelhaarige Frau war ihm Gnade und Verständnis und der Quell aller Hoffnung. Julia war so viel für Toni, daß es ein Mehr wohl nicht geben konnte. Nur ein einziges Wort hätte Reif über den Zauber dieses Einsseins niedersinken lassen und alles zerstört, wie der Aprilschnee die wilden Narzissen hinter dem Haus auszulöschen verstand in ihrer ganzen Pracht und Fülle.

Sonnenhell war Julias Lachen, lieb und lind ihre Hand, und zärtlich gurrend wie eine Taube, verstand sie es bisweilen zu schelten. Wachsam war sie, umsichtig und klug, schien zu wissen um das Maß der Dinge. Gott hatte Fäden in ihre Hände gelegt, die sie behutsam zu ziehen verstand, zum Wohl der Menschen, die ihr anvertraut waren und über die zu wachen sie sich beauftragt fühlte.

Doch da waren auch Neid und Haß, genährt von der Gier. Noch mußten diese Mächte vor dem Bild der Güte und Schönheit blaß und leer bleiben, denn unter strahlender Sonne wandert kein Schatten. Er wird an die Ränder gedrängt, lebt dort mit seinen scharfen Konturen und muß warten, bis die Sonne hinabsteigt über die Hügel der Nacht.

Ada Kleemüller litt unter der Rolle der Abgedrängten, und Heiligenhofer tat nichts, um ihr das Empfinden der armen, in Gnade aufgenommenen Verwandten zu nehmen. Adas Faulheit und Bequemlichkeit boten hierzu wohl auch keinen Anlaß.

Ungeachtet aller Dummheit war die Kleemüllerin klug genug, Stillschweigen zu bewahren. Ein Aufbegehren oder gar ein Wildwuchs der Forderungen und das Pochen auf vermeintliche Rechte hätten ihr ja noch mehr Ungnade eingebracht. Ada, selbst nicht mehr die Jüngste, hoffte und rechnete mit dem Ableben des Bauern. Toni würde ihr schon ausgeliefert sein, denn wie wollte ein Krüppel sich wehren?

Doch Julia war da! Diese Julia mit ihren wachsamen Augen, mit ihrer überragenden Güte und dem hohen Gerechtigkeitsempfinden. Solange es diese Julia gab, hatten Ada und Heiner keine Gelegenheit, dem Unrecht zum Sieg zu verhelfen.

„Am liebsten tät ich sie umbringen!" sagte Ada einmal zu ihrem Sohn. „Wenn der Alte nimmer wäre, würd man dem Krüppel schon zeigen, wer das Fleisch frißt und wer die Knochen."

„Sie ist so schön!" sagte der rothaarige Heiner.

„Laß dich nit gelüsten, an die hinzugehen", krächzte Ada. „Ich will nit hinausgeschmissen werden. Der Alte hat es am Herz. Er ist schon ein paarmal ganz blau geworden. Wenn der einmal das Zeitliche gesegnet hat, dann ist es mir Wurscht. Und vielleicht tät sie dann fortgehen, die schwarze Hex!"

So, und noch viel häßlicher sprachen diese beiden Menschen von dem Mann, der ihnen das unverdiente Brot reichte. Vielleicht war es für den Heiligenhofer eine Gnade, daß er diese Reden nie hören mußte.

Julia hingegen wußte sehr wohl um den Haß dieser beiden Menschen, denn sie bekam ihn oft genug zu spüren und mußte ihn dann an sich abprallen lassen. Gar oft floh sie dann hinauf in Tonis Stüberl, hinein in die Insel der Stille und

Vertrautheit, in der kein lautes und häßliches Wörtl zu stören vermochte.

In jenen Lenztagen äußerte Toni erstmals den Wunsch, hinauszuwollen aus dem Haus. Bisher hatte er sich fast zornig dagegen gewehrt, wenn Julia dieses Ansinnen vorsichtig an ihn herangetragen hatte.

„Ja", sagte er. „Ich möcht doch einmal drüben unter dem Birnbaum sitzen. Ob er wohl arg gewachsen ist?"

„Nein, gewiß nicht", erklärte Julia. „Er ist schon alt, und alte Bäume wachsen sehr langsam, weißt du!"

Julia mußte Adas Sohn bemühen, ihr zu helfen, den Jungbauern hinunterzubringen. Heiner half mit verpreßten Lippen. Julia konnte erraten, welche Gedanken hinter der Stirn dieses Burschen tobten. So war die junge Frau froh, als der Rollstuhl schließlich im Hausgang stand.

„Laß nur", sagte sie, „die paar Trepperln an der Haustür schaff ich schon."

„Ja, aber paß auf, daß er sich nit den Hals bricht", sagte Heiner mit einem schiefen Lächeln.

Flammende Röte überzog das bleiche Gesicht des Blinden, und Julia sah ergriffen, wie er nach ihrer Hand tastete. Ihre Hand, das einzige, das ihm in dieser Situation Kraft und Halt gab. Und sie nahm seine Hand, drückte sie ein bissel und lachte.

„Ja, die Sonn scheint so schon draußen", begann sie plaudernd, obwohl es ihr das Wasser in die Augen drückte und sie Heiner Kleemüller mit zornigem Blick strafte. „Gut steht die Saat heuer. Wenn das Wetter hebt, werden wir eine gute Ernte haben. Hoffentlich bekommen wir keinen nassen Sommer. Das tut ja auch den Erdäpfeln nit gut!"

So plauderte sie, und man merkte nur allzu deutlich, daß ihre Worte zu nichts anderem dienten, als Häßlichkeit und Gemeinheit zu zerpflükken, die ihnen wie ein beißender kalter Hauch aus hämischen Blicken der farblosen Augen hinterdreinwehte.

„Leider ist der Birnbaum schon verblüht", sagte Julia. „Aber er hat prächtig geblüht, Toni. So schön war er voriges Jahr nicht. Da werde ich heuer einen Haufen Birnenmus kochen können."

„Liegt noch Schnee auf dem Alten Vater?" wollte Toni wissen, während sie den noch nicht ganz verwehten Birnblütenschnee von der alten Fichtenbank wischte, um sich darauf niederzulassen.

„O ja, ein wenig", berichtete Julia. „Erst in der vergangenen Nacht hat es droben noch einmal geschneit. Aber der Buchenwald ist schon ganz grün, und gar mächtig staubt der Wasserfall im Eschengrund. Grad kleckerbunte Schwaden ziehen heraus und machen einen Regenbogen über der Hofkapelle."

„Die Hofkapelle“, meinte er mit einem schmerzlichen Lächeln. „Sie steht noch …“

Er sagte es so, als würde er das Hofheiligtum vergessen haben.

„Ich hab erst gestern einen Strauß wilde Narzissen von der Wiese hinter dem Haus hinaufgebracht, Toni. Ach, und gelüftet hab ich auch, weißt du. Es ist ja so, daß …“

Ihre Stimme brach ab.

„Daß niemand mehr dort betet?“ fragte er. „Das hast du doch sagen wollen, oder nicht?“

„Ja, er ist sehr einsam geworden, dieser Heiland an seinem Kreuz“, flüsterte sie. „Ich hab die Spinnweben weggemacht, weil man darauf vergessen hat.“

„Ja, man vergißt“, sagte Toni. „Früher war ich oft droben. Alle sind wir hingegangen. Und am schönsten war es auf Fronleichnam, wenn sie in den bunten Wiesen und Feldern die Altäre aufgebaut hatten. Unser Altar war besonders schön geschmückt, weißt du. Geschmückt mit weißen und blauen Hortensien aus Mutters Garten. Und dann ist der Gesang über die Felder gezogen, und in der Luft war ein sonderbarer Duft. Da war's uns Kindern, als wäre der Himmel ein bissel näher an der Welt gewesen, weißt du?“

„Der Himmel ist alleweil nah an der Welt“, sagte Julia. „Aber man darf nit danach greifen. Nur anschauen darf man ihn.“

„Ohne Augen kann man den Himmel nit schauen!" sagte er hart.

„Ich bin dein Auge, Toni. Hast du denn das schon vergessen?"

„Ach nein, nein, wirklich nit", antwortete der Blinde etwas beschämt. „Du bist mir so viel, Julia, und ich hab alleweil Angst, du könntest einmal fortgehen vom Heiligenhof!"

„Bestimmt nicht", versicherte sie. „Wohin sollte ich denn gehen wollen, wo ich doch keine Heimat hab und kein Herz, das mich haben will – außer dem deinen."

Ja, es war sonderbar. Sie sprachen von Zuneigung, vom gegenseitigen Brauchen, und sie schwor, nie zu gehen. Doch nie sprachen sie von Liebe. Hatten sie Angst, dieses eine Wort würde alles zerstören können? Oder war es so, daß die Liebe selbst in alles eingeflochten war, so daß es ihrer Bezeichnung als Wort gar nicht bedurfte? War nicht alles an ihnen und mit ihnen allein die Liebe, die nichts und doch alles forderte, die sie kaum und doch so allmächtig spurten?

Er bat Julia, ihm dies und jenes zu schildern, und die tat es mit einer unvergleichlichen Geduld. Viel Sorgfalt verwendete sie auf eine bunte Sprache; und Kleinigkeiten wuchsen aus den Worten zu lebendigen Bildern mit einer Strahlkraft, wie sie nur das Leben selbst zu geben vermochte. Gebannt und atemlos lauschte der Blinde, bewegte die toten Augen und versuchte im

Geist alles nachzuvollziehen, was ihm so eindringlich in den Ohren klang.

Immer aufgeschlossener wurde Toni. Er lernte das Lachen wieder, scherzte mit Julia und warf ab und zu Ada einen Brocken hin, an dem sie gewaltig zu kauen hatte. Mit dem Leben kehrte auch der Glaube zurück, und man wußte nicht genau zu sagen, ob das eine das andere gab, oder ob es umgekehrt war. Jedenfalls besuchten sie nunmehr regelmäßig die Hofkapelle, um dort still zu bitten und zu danken.

Man meint, es könnte am wolkenlosen Himmel keine Wolken geben. Und doch sind sie da, werden düster und schwarz mit ein paar Schlägen der Herzen …

★

„Der Bauer stirbt!"

Ausgerechnet Ada war es, die mit dieser Botschaft zur schwarzen Wolke wurde, am Himmel aller Arglosigkeit. Julia schob den Rollstuhl im Laufschritt auf das Haus zu. Dort rannte Ada aufgeregt umher und wies in den Schatten an der Scheune.

Dort lag Justus Auwanger mit blaurotem Gesicht, mühsam um Atem ringend mit weit aufgerissenen Augen.

„Vater!" schrie Toni. „Um Gottes willen, Vater?"

Wie schrecklich mußte es jetzt für ihn gewesen sein, um die Dinge zu wissen und sie nicht sehen zu können. Das Schicksal hatte ihn an den Rand geschoben. Neben den Dingen stand er, allein mit dem Gefühl und ohne danach greifen zu können.

„Rasch, Ada, ruf den Arzt an!" sagte Julia schneidend. Dann hastete sie zum Brunnen hinüber, tränkte ein Tuch und kühlte das Antlitz des Bauern.

„Laß – laß den Toni – nit allein", ächzte Justus. Seine Hand begann sich in Julias Arm zu verkrallen. „Er er hat – nur dich ..."

Es waren seine letzten Worte. Dann spürte Julia den nachlassenden Griff seiner Hand. Die junge Frau war wie erstarrt. Sie kauerte neben dem Toten und betrachtete ihn ohne jedes Entsetzen, bis der Arzt eintraf. Dann kümmerte sie sich um Toni, der völlig gebrochen schien. Sie war sich nun der großen Aufgabe bewußt, die sie selbstlos zu erfüllen hatte. Hätte sie auch nur einen Gedanken an einen späteren Lohn verschwendet, wäre es ihr Sünde gewesen.

★

Das leichte Sein hatte Martin auf seine Schwingen genommen und flatterte mit ihm durch ein Leben süßer Genüsse, schwebte über der Gedankenlosigkeit und löschte die Frage nach der Zukunft einfach aus. Nicht der Morgen war von Bedeutung, allein der heutige Tag zählte.

Ach ja, es war wie ein Rausch für den Bauernsohn. Greta Horn scharte ein munteres, leichteinniges Völkchen um sich und war selbst wie ein bunter Schmetterling in diesem Garten. Sie tänzelte von einer Blüte zur anderen, und ehe einer das Spiel mit den Herzen durchschaut hatte, war es auch schon geschehen.

Zur Zeit war Martin ihr Favorit. Gretas Küsse waren von einer berauschenden Wildheit. Die Worte, die sie dem Bauernsohn sagte, hatten ihn zu Anfang schamrot werden lassen. Ja, so prikkelnd wie perlender Sekt war diese Greta. Sie schleifte Martin Rainmoser von Fest zu Fest und machte ihn bekannt.

Und neben allem schaffte er wie ein Besessener. Er schaffte allein für Greta, die seine Arbeiten mitnahm. Martin wußte nicht, was damit geschah. Irgendwie war es ihm wohl auch gleichgültig, denn Geld hatte er in Hülle und Fülle. Greta bezahlte für ihn, und er, der sich früher ganz bestimmt dagegen gewehrt hätte, sich von einer Frau aushalten zu lassen, nahm dies alles wie selbstverständlich hin.

Voller Stolz schrieb er der Mutter einen Brief. Den Vater erwähnte er mit keinem Wort. Ja, ganz prächtig ginge es ihm, und er sei auch schon recht berühmt. Eine Ausstellung habe Greta Horn angekündigt und ihm gesagt, er würde sehr viel Geld verdienen. So anders sei halt alles als daheim, in dieser bedrückenden Enge, mit dem dauernden Stallgeruch in der Nase und dem ungesunden Bergnebel im Herbst.

Manche Träne vergoß Marie um ihren Jüngsten, denn sie mußte alles für sich behalten. Der Name des jüngsten Hofsohnes durfte nicht mehr erwähnt werden. Es gab für Jakob keinen Martin Rainmoser nimmer.

Gleichwohl lief die Entwicklung mit Hannes immer schlechter. Die Zeit und das ausschweifende Leben hatten Hannes zu einem fetten und häßlichen Menschen werden lassen. Nicht einmal eine sogenannte „Beißzange" würde ihn nun mehr zum Mann gewollt haben. Auf den dörflichen Festen war Hannes nur noch zum Raufen gut. Immer wieder kam es auf dem Tanzboden zu Prügeleien, weil Hannes von den Dirndln ein Recht wollte, das ihm keine freiwillig abgab.

Der Feichtl-Bertl war hier ein williger Gehilfe und Kumpan. Als in diesem Jahr an der Dürnbacher Kirchweih ein Bauernbursch überfallen und ausgeraubt worden war, kamen zum ersten Mal die Namen Feichtl und Rainmoser ins Spiel, und es wurden auch die entsprechenden Ermittlungen aufgenommen. Doch beweisen konnte man nichts. Dieser Umstand ließ die beiden immer unvorsichtiger und wohl auch gefährlicher werden.

In jenen Tagen traf den Rainmoser-Jakob ein

erster Schlaganfall, der seine rechte Seite wochenlang lähmte. In dieser Zeit riß Hannes vieles an sich, was wohl sonst nicht möglich gewesen wäre. Er nahm sich das Geld einfach, und alle Proteste der Mutter wurden mit rohen und auch gemeinen Worten weggewischt.

Da war er spürbar, dieser furchtbare Niedergang des einst so stolzen Rainmosergeschlechts.

Als Jakob wieder auf den Beinen war, schien aber auch seine Macht gebrochen. Alt und zittrig war er und fürchtete sich vor seinem trunkensüchtigen, brutalen Sohn.

„Da, unterschreib!" sagte Hannes beispielsweise. „Der Senneracker wird verkauft."

„Niemals!" ächzte Jakob.

„Unterschreib!" verlangte Hannes brutal und nahm einen Topf vom Herd. „Wenn du nit unterschreiben willst, hernach brüh ich dich ab!"

Ja, es war ein Verbrechen, dieser Umgang mit den Menschen, denen Hannes sein Leben verdankte. Angst hatten sie halt, die beiden Alten. Und oft genug kauerten sie eng aneinandergepreßt unter der Stiege im Hausgang, wenn Hannes betrunken heimkehrte, nach dem Essen brüllte und dabei mit Prügeln drohte.

Nun bereute es Jakob, seinen Jüngsten aus dem Haus getrieben zu haben. Aber er sagte es nicht, sondern drückte Marie an sich, und sein stoppliger Bart war ganz naß.

„Es kommt schon wieder anders, Mamale",

sagte er wie ein Kind und wußte doch, daß es vielleicht nimmer anders kommen würde, bis an das Ende seiner Zeit.

Und wie ging es diesem Jüngsten?

Ach ja, hinauswollen hatte er in eine geträumte Welt, sie verachtet, die schwarze Erde seiner Heimat. Vorbeigegangen war er an all dem Schönen und hinausgestiegen auf die trügerischen Wolken des Künstlerhimmels.

Und nun? Seit Tagen hockte er in einem kleinen, möblierten Zimmer, denn er war bei der schönen Greta in Ungnade gefallen. Ein anderer Bauernbursch kostete nun vom Nektar des leichten Seins und schwebte auf trügerischen Wolken.

„Und meine Arbeiten?" hatte Martin die schöne Greta angeschrien.

„Deine Arbeiten!" war die höhnische Antwort gekommen. „Lies einmal den Vertrag genau. Du hast die Rechte an uns verkauft. Und wir haben sie an eine Andenkenfabrik verkauft."

„An eine …?"

„Ja", sagte Greta Horn. „Falls du es noch nicht bemerkt haben solltest, dann schau einmal beim Kaufhaus Tyrol ins Schaufenster. Dort kannst du deine Arbeiten bewundern. Es ist alles legal. Alles, was unter deinen Händen entsteht, ist erst bei uns abzuliefern. Man nennt das eine Option, und du hast dich damit einverstanden erklärt!"

„Kein Stückl Holz werd ich mehr bearbeiten!" drohte er ihr.

„Dann wasch von mir aus Teller", sagte Greta mitleidlos. „Wir haben das Unsrige an dir verdient, und ein so großer Künstler wärst du eh nie geworden. Bauer bleibt Bauer. Adjes, mein Guter."

Und das war es! Dann stand er wie betäubt vor diesem Schaufenster. Das Wasser trieb es ihm in die Augen. Was war aus seiner Arbeit geworden? In Massen waren sie als billige Plastiknachbildungen zu erwerben. „Grüße aus Innsbruck" stand unter einem häßlich bemalten Heilandskreuz aus Kunststoff. Und so trugen Madonnen und Engerl in all ihrer erbärmlichen Kitschigkeit die Grüße der Verreisten an die Daheimgebliebenen.

Das Ende? Er wollte es nicht glauben und versuchte eine Anstellung in einer Schnitzereiwerkstatt zu finden.

„Ach, vervielfältigt wurden Ihre Arbeiten? Nein, damit wollen wir nichts zu tun haben. Machen S' Ihren Kitsch nur weiter. Dafür ist bei uns kein Platz!"

Das Ende? Martin wollte es nicht glauben. Aber er mußte dann doch Teller waschen in der großen, fremden Stadt. Und dann hatte er Sehnsucht nach der schwarzen, gesegneten Erde der Heimat, die nun so unerreichbar fern war.

★

Julia und Toni rückten nach dem Tod des Bauern noch enger zusammen. Ada und Heiner hatten nichts geerbt. Es war alles auf Toni übergegangen. Er allein war bei einem Notar gewesen und hatte sich das Vermächtnis des Vaters verlesen lassen. Und seither war er sehr schweigsam geworden.

„Jetzt hab ich nur noch dich", sagte Toni mit einer leisen Traurigkeit in seiner Stimme.

„Und ich hab bloß noch dich", erwiderte sie darauf und strich ihm mit linder Hand über die Stirn. Da plötzlich nahm er ihre Hand. So fest war der Griff, daß sie erschrak.

„Julia, bitte werde meine Frau!"

Dann hielten beide den Atem an, bis Julia keuchend Luft holte.

„Ich weiß, was du denkst", sagte Toni. „Ich werde dir nie zu nahe treten. Ich schwöre es, Julia, bei allem, was mir heilig ist. Und wenn du mich nur ein wengl lieb hast, dann heirate mich."

„Ein wengl lieb?" fragte sie verloren und kniete nieder. Dann barg sie ihren Kopf in seinem Schoß. „Mein ganzes Leben bist du doch, Toni. Nein, es ist nicht das allein …"

„Was hindert dich denn, Julia?"

Ach, sie wußte es selbst nicht. Nie wollte sie es sich zum Vorwurf machen können, um des Geldes willen seine Frau geworden zu sein. Und für jeden Außenstehenden mußte es so scheinen. Denn was wollte sie, die junge und gesunde Frau, mit einem solchen Mann?

„Ich – ich weiß es nicht", flüsterte sie daher. „Warum hast du mich denn bitten müssen, Tonerl? Du machst es mir so unendlich schwer damit ..."

„Weil ich nur halb bin – vielleicht?" tröpfelte es bang ins Schweigen.

„O nein, du Dummer", sagte sie. „Nein, wir zwei sind mitsammen doch ein Ganzes, und ich wär ja ohne dich auch gar nix. Ach, könnt ich es dir nur erklären. Doch laß mir ein paar Tag nur Zeit, damit ich über alles nachdenken kann. Du darfst sicher sein, daß ich dich nie allein laß, Tonerl, nie, solang ich schnaufen darf."

„Das glaub ich dir, Julia", sagte der Blinde, und der Blick seiner toten Augen traf sie tief hinein in die Seele.

O Gott die Zeit! Sie ist gegeben und manchmal doch nur der Hauch eines Augenblicks, und das Dasein nicht einmal eine Sekunde der Ewigkeit. Und doch ist eine Winzigkeit der Zeit entscheidend.

So an jenem Sommertag, als Toni und Julia unter dem Birnbaum mit seinen heranreifenden Früchten saßen. Tage waren vergangen, und man hatte das Thema ängstlich vermieden. Da klopfen die Herzen ganz bang nebeneinander her, nicht erkennend die Kostbarkeit der Zeit.

Einen Moment nur ging Julia ins Haus, um etwas zu holen.

Und dann dieser Schrei.

„Juuuliaa!"

Angst, Entsetzen, Bangen und flehen um Hilfe. Alles, ja alles lag in diesem Ruf. Julia ließ die Kanne fallen. Wie ein Blitz durchzischte es sie eisigkalt, vom Scheitel durch den ganzen Leib bis hinein in die Fußsohlen.

Der Rollstuhl! Er holperte den Weg hinunter. Darin der Blinde, der die Lehnen umklammerte, den Kopf in ergreifender Hilflosigkeit drehte und wie ein Kind in bitterster Not schrie.

Und diese Julia? Sie keuchte hinter dem Wagerl drein.

„O Gott!" schrie sie. „O heiliger Gott im Himmel, tu es mir nit an. Nein, nein ..." Sie stürzte, riß sich die Knie blutig und kroch ein Stückl auf allen vieren. Die Luft rasselte aus den Lungen, und der Schweiß trieb aus allen Poren. Herzblut ...

Zentimeter noch, nur fünf oder zehn vielleicht. Eine Hand, die nach vorn griff, das Radl verfehlte. Und dann wehte das Sommergras am Abhang, zwei Spuren unter dem Himmelsblau und heiseres Schluchzen von Julias Lippen.

Dann war sie bei dem umgeschlagenen Rollstuhl. Durch den weißen Tränenschleier sah sie Tonerls Gesicht. Es war ein lächelndes Gesicht, so jung und schön wie nie vorher.

„Wein doch nit, Julia", sagte Toni. „Ist doch nix passiert. Und bald machen wir Hochzeit, gell?"

„Ja, bald", würgte sie heraus.

„Morgen", sagte er und wurde ohnmächtig.

Da schrie sie wie eine Irrsinnige. Sie brüllte, als habe man ihr ein Messer ins Herz gestoßen und würde es umdrehen, wieder und immer wieder.

„Sie ist übergeschnappt!" sagte Ada, die mit ihrem Heiner droben am Hang stand. „Nun werden wir es ihr schon weisen, der Hex, der schwarzen!"

Sie wiesen ihr nichts, sondern standen abseits, als man Toni ins Spital brachte. Dort sprach man von schweren Verletzungen. Doch Toni hatte keine Schmerzen. Sein gelähmtes Nervensystem ersparte ihm das. Er war bei Bewußtsein. Und Julia lebte in dem Bewußtsein, daß sie ihn nicht mehr lange behalten durfte, denn nunmehr würde die Lähmung fortschreiten bis zum Stillstand von Herz und Lunge. Spürte es Toni?

„So was Dummes", murmelte er. „Heiratest du mich, Julia? Jetzt?"

„Ja", sagte sie unter unmenschlicher Kraftanstrengung. „Ich heirate dich jetzt. Der Pfarrer kommt bald, und später der Standesbeamte ..."

„Wann?" drängte Toni mit dem Eigensinn eines Kindes.

„Bald, du Ungeduld", sagte sie lächelnd und streichelte seine kalte Wange. Ihre Seele war naß von Tränen, die sie jetzt nicht mit den Augen weinen durfte, diese Julia.

„Die Hex!“ sagte Ada vor der Tür. „Da machen wir Trauzeugen!“

Ja, das wollte Toni. Triumph war es ihm, diese Menschen in seinem Glück ihr Leid finden zu lassen. Noch einmal grinste der Blinde, und um ein Haar hätte er Julia gebeten, ihm das Erstaunen der gehässigen Gesichter zu schildern.

Dann kam der Pfarrer und begann mit der heiligen Handlung. Julia hatte ihm ein paar Worte ins Ohr geflüstert.

„Erst beichten“, verlangte Ada. Sie wußte, wie es stand, und sie wollte Zeit gewinnen.

„Schweigen Sie!“ befahl der Pfarrer, und Ada mimte die Betende.

Als der Geistliche Tonis Jawort abverlangte, schien er schon auf der Reise zu sein zur Heimat über den Sternen. Ganz schwach kam es von seinen Lippen, und der Glanz in den Augen war unbeschreiblich schön.

Unter der Stola ruhten die Hände ineinander. Da merkte Julia, wie Toni ging. Ein letzter, leiser Druck, ein Lebewohl, ein Dankeschön, und der Kopf legte sich zur Seite.

„Machen S' weiter bitte“, flüsterte Julia. Stolz und mit hocherhobenem Kopf durchstand sie die Zeremonie bis zum Segen. Dann ließ sie ihre Hand noch eine Weile in der von Toni ruhen und betrachtete sein Gesicht. Friedlich war es und beglückt, umflort von einem schönen Wissen, welches sie im Bewußtsein gegeben hatte, ohne dafür nehmen zu müssen. „Leb wohl", flüsterte sie. „Warst ein guter Mann für mich."

„Beschiß!" sagte Ada häßlich. „Der war ja schon vorher tot!"

Sie sagte es draußen vor der Tür, und ihr Furchengesicht war ganz gallig. Aber die Augen triumphierten über das zu erwartende Erbe.

„Ja, du hast recht, diese Ehe ist nicht gültig", sagte Julia nun schneidend. „Doch vor Gott war ich seine Frau, und die Welt schert mich wenig. Er hat mich als seine Frau mitgenommen, und daran änderst du nichts mit all deiner Gemeinheit, die das Böse in dir faulen läßt. Glück kann ich dir nicht wünschen, und das Elend ist sowieso in dir drinnen."

„Schleich dich, du Hundsfetzen!" begann Ada zu keifen, während Julia hochaufgerichtet über den Flur ging.

„Julia, auf ein Wort noch!"

„Ach, Doktor Döberl", sagte Julia. Döberl war der Rechtanwalt des verstorbenen Justus Auwanger. „Sie müssen es mir nit erklären. Diese Eheschließung ist rechtsunwirksam. Außerdem ist ja keine standesamtliche Trauung erfolgt. Ich wollte doch nur, daß Toni in dem Bewußtsein geht, ich sei seine Frau geworden. Mehr konnte ich doch nimmer tun, oder?"

„Nein, Julia, Sie konnten weiß Gott nicht mehr für Toni tun. Ich spreche Sie jedoch nicht wegen dieser Eheschließung an."

„Ich weiß", murmelte sie. „Ich werde den Heiligenhof unverzüglich verlassen und Platz machen für die Erben."

„Ja, hauen S' die nur zum Teifl, Herr Doktor!" geiferte Ada böse. „Dann ersparen wir uns den Hinausschmiß von der Person, die ..."

„Sie sind nit gefragt, Kleemüllerin", sagte Dr. Döberl scharf und wandte sich wieder an Julia. „Ob mit oder ohne Eheschließung sind und bleiben Sie die Erbin des Heiligenhofes, denn bereits Justus Auwanger hat Sie zur Rechtsnachfolgerin seines Sohnes ernannt, für den Fall, daß Toni etwas zustoßen sollte. Im Falle einer rechtsgültigen Eheschließung wären Sie als Gattin die Erbin gewesen. Doch der alte Justus wußte, was er tat. Er hat sich nach zwei Seiten hin abgesichert. Und diese Kleemüllers sind so weit in der Erbfolge zurück, daß ihnen nicht einmal ein gesetzlicher Erbteil zusteht."

„Nix?" fragte Heiner. „Wir kriegen nix?"

„Nit einen Schilling", sagte Döberl ruhig.

„Da hast du mir ja was erzählt!" schrie Heiner seine Mutter an. „Wenn er hin wär, der Toni, dann täten wir alles kriegen, hast du gesagt, und alles war umsonst . .

„Halt dein Maul, du Depp!" kreischte Ada mit rollenden Augen.

„Wenn's doch wahr ist", plärrte Heiner. „Nix dabei ist, hast du gemeint, bloß ein Schubs ..."

„Halt's Maul!" ächzte Ada. Aber es war zu

spät. Noch einmal mußte Julia das nackte Entsetzen durchleben. Toni würde nicht gestorben sein, hätte es diese beiden Menschen nicht gegeben, die in ihrer Gier und Machtwut das Schicksal hatten lenken wollen. Ada Kleemüller und ihr Sohn wurden noch im Krankenhaus verhaftet.

Julia kehrte allein zurück zum Heiligenhof. Leer und kalt war es. Sie durchtappte die Räume, und ihr war, als habe man ihr das Leben aus den Adern gesogen.

Im Hausgang stand der Rollstuhl. Vor ihm sank Julia in die Knie und bettete ihren Kopf ins kalte Leder. Ganz naß wurde es von den Tränen, die zurückzuhalten es nun keinen Grund mehr gab.

„Jetzt bin ich wieder bloß halb, Tonerl ...", schluchzte sie in ihrer Verlassenheit. Und so viel lieb hab ich dich gehabt. So unendlich viel ..."

*

Auch drüben auf dem Rainmoserhof holte das Schicksal zum Schlag aus, schmetterte eine Kerbe in die Herzen der beiden Alten, die niemals ganz gut und auch niemals ganz böse gewesen waren. Menschen waren sie halt, angerumpelt an den Ecken und Kanten, wie es sie wohl auf allen Wegen gibt, die einen das Leben zu gehen zwingt.

Das Schicksal versteht es halt nicht immer, so genau zu zielen, daß es stets den Rechten segnet oder straft. Ein Stein, ins ruhige Wasser geworfen, wirft auch Wellen und schaukelt die Gräser am Uferrand, die von jenem Stein nicht gewußt haben.

Krummbucklig ging Marie über die Hofreut, die paar Hühner zu füttern, die es noch gab. Kühe standen keine mehr im Stall. Der Traktor war auch weg, und was hatte man auch noch viel bewirtschaften sollen? Bis auf ein paar Sauerwiesen, die niemand hatte haben wollen, war nichts mehr geblieben vom stolzen Rainmoserhof. Die am Hause notwendigen Reparaturen waren unterblieben; es verkam alles.

Und das, was die krumgebuckelten Alten zum Leben brauchten, schmiß ihnen der Sohn auf den Küchentisch, wenn er gut gelaunt war. Woher es kam, wußten weder Jakob noch Marie. Nehmen mußten sie es, weil sie es halt brauchten.

Jakob hatte schon den zweiten Schlaganfall erlitten, der ihm die Sprache fast genommen hatte. Nur mühsam konnte er sich verständigen.

„Gut, daß er sein Maul nimmer aufreißen kann!“ hatte Hannes dazu gesagt und gelacht.

„Daß der Herrgott dich nit straft“, flüsterte Marie.

„Hör mir auf mit deinem Hertgott!“ schrie Hannes daraufhin mit trunkroten Augen. „Sonst magst du dir von dem dein Wochengeld auf den

Tisch legen lassen. Oder schreibt's euerem hochnobligen Herrn Künstler in die Stadt. Der schrubbt nämlich Fußböden im Hotel ‚Europa', der begabte Herr."

So fand Marie keine Tränen, als an einen nebligen Herbstmorgen, an dem sie eben Hühner füttern wollte, ein Polizeiauto in die Hofreut fuhr und eine schlimme Nachricht brachte. Ein junger Beamter stotterte es hilflos heraus, weil er Marie schonen wollte.

Mit Feichtl hatte Hannes in Landeck eine Bank überfallen. Hernach wollten sie mit einem gestohlenen Auto über den Fernpaß hinaus ins Außerfern und ins Deutsche fliehen. Droben am Paß war das Fluchtauto in eine Schlucht gestürzt. Hannes war gleich tot gewesen und Bertram Feichtl auf dem Transport ins Spital verstorben.

„Ja so", sagte Marie. Leben hat sie keines mehr in sich. Sie fütterte ihre Hühner. Was hätte sie auch anderes tun sollen?

★

Ein halbes Jahr nach diesen Schicksalsschlägen überwand sich Julia und nahm sich vor, das Muttergrab einmal zu besuchen. Seinerzeit, bei ihrem Fortgang vom Rainmoserhof, hatte Marie versprochen, es zu pflegen.

Wie verwundert war die junge Frau in ihrer schlichten, dunklen Kleidung, als sie eine ungepflegte, verwucherte Grabstätte vorfand. Ein bitteres Lächeln spielte um Julias Mund. Wie hätte sie auch erwarten können, daß die reichen Bauersleute sich an ein solches Versprechen halten würden?

„Ja, du bist doch die Julia, gell?" fragte schließlich eine alte Stimme. Julia wandte den Konf.

„Ach, die Stöcklin", sagte Julia. Noch älter war das alte Weibl geworden, welches früher die Eier auf den Höfen zusammengekauft hatte. „Ja, ich bin's, die Stöcklin. Hast gewiß auch ein Grab da?"

„Ja, ja", sagte sie. „Meinen Stöckl halt. Fünf Jahr schon. Und oft hab ich mir's denkt, wer wohl das Grab deiner Mutter pflegt, nach dem, was da droben geschehen ist?"

„Auf dem Rainmoserhof?" fragte Julia beklommen.

„Komm, hocken wir uns dort aufs Bankerl, hernach verzähl ich es dir, Julia. Das Glück ist ihnen hinausgeflogen, weißt. Wo der Herrgott nimmer den rechten Platz hat und nur eine Hand ihn hält, da geht es halt so."

Und dann erfuhr Julia alles, hörte es mit Entsetzen. Jeder Triumph war ihr fern.

„Na ja, und vor drei Monaten haben sie den Jakob dort hinten begraben. Die Gemeinde hat's zahlen müssen, weil nix mehr da ist. Rein gar nix mehr. Jetzt soll Maria vom Hof runter. Aber sie hockt da droben und geht nit. Nur mit die Füß vorwärts, hat sie gesagt. Es ist ein Elend, Madl. Und grad Marie war nie ein schlechtes Leut. Jetzt muß sie halt für alles bezahlen. Für den, der in der Stadt nix geworden ist, für den, der als ein Verbrecher in die Ewigkeit gegangen ist und für den Jakob, von dem sie nit viel Gutes gehabt hat ihrer Lebtag."

Nein, nichts hielt Julia. Mit weiten Schritten ging sie dorthin, wo einmal ihre Heimat gewesen war.

Ein verlottertes Anwesen, nicht einmal das Streichholz wert, es anzustecken. Und ein altes Weibl, müde, verbuckelt und sonderlich.

„Ja, die Julia", sagte Marie kichernd wie ein Kind. „Bist heimgekommen, Julia? Hättest Martin mitbringen können, den dummen Buben, den. Die anderen, die – die sind fort!"

Nein, hier war keine Ordnung mehr zu machen. Hier war alles verloren und verraten. So entschloß sich Julia, die alte Marie mitzunehmen nach Waldenbuch auf den Heiligenhof. Ach, ein kleines bissel Eigennutz war schon dabei, denn dann würde Julia nicht gar so einsam sein, denn zu ihrem neu eingestellten Gesinde fand ihr Herz keinen Weg.

Gewiß sträubte sich Marie. Julia konnte sie nur mit der barmherzigen Lüge bewegen, eines Tages würde Martin nachkommen.

„Kriegst ein schönes Heimatl, Bäuerin", versprach Julia, und sie war entschlossen, Marie in

Tonis Stüberl unterzubringen. So würde das wieder einen Sinn haben, was solange eine schöne Insel gewesen war.

„Aber nit garschtig sein zum Martin, wenn er kommt, gell? Hat halt gefehlt, der Bub, und auch gelitten, weißt!"

Gefehlt und gelitten, diese Worte vermochte Julia nicht mehr zu vergessen, weil sich an sie doch die Barmherzigkeit des Verzeihens kettete wie die Trauer an die Freude, und weil es das eine ohne das andere nicht geben konnte.

Auf der Gemeindebehörde regelte Julia das Formelle. Das Haus war nichts mehr wert, und für das wengl Grund wollte die Gemeinde der Rainmoserin eine billige Entschädigung zahlen. Und so fand hier im schwarzen Gemeindebuch der Name eines Bauerngeschlechtes sein Ende.

★

Mit den Sonnentagen fand die Marie allmählich wieder ins Leben zurück, wenn auch ein Teil ihres Denkens in der alten Zeit geblieben war. Man kann halt die Asche nimmer zu Holz machen und den Wind nimmer bitten um die Wiederkehr.

Und beide Frauen warteten. Das Warten ihrer Herzen und die damit verbundenen Sehnsüchte egalisierte so manche Ungleichheit.

Die eine saß auf der Bank vor dem Haus, ließ

die Hände im Schoß ruhen und blickte mit den wäßrigen Greisaugen ins sonnenweiße Land hinaus zum großen, grünen Fluß.

Die andere stand oft droben auf der Altane und wies den Gedanken den Weg hinein in die laute Stadt, ein Grab auf dem Kirchhof um Verzeihung bittend, daß sie noch einmal die Sehnsucht nach Liebe und Glück überschwemmt hatte. Aus jedem Windhauch, der die schweren duftenden Rosenblüten an der Hauswand leise nikken machte, spürte Julia Zustimmung aus dem Land am anderen Ende der Zeit. Beseelt von diesem Glück, widmete sich die junge Bäuerin mit ganzem Herzen ihrer Pflicht und fand ein Gleichmaß für die Dinge, die der Vergangenheit angehörten, und für jene, die kommen mochten, wie die Sonne aus den Nebeln stieg an einem schonen Sommermorgen.

Aber nein, es war kein Sommermorgen, sondern ein stiller Abend, an dem friedvoll die Glokken schallten, weit hinaus übers Land.

Da kam einer über die dunkle Erde, kam, zwischen demütig geneigten Sommerblüten. Nicht fest, sondern schwankend war sein Schritt. Und Julia stand unter der Haustür, ruhig und besonnen, wobei ihr Herz so dumpf und unruhig pochte.

Nur er konnte es sein, denn seinen Schritt kannte sie. Aus den letzten blauen Schimmern des scheidenden Tages heraus kam sein Gesicht in die Helle, die von der Hauswand zurückgeworfen wurde.

Ein Gesicht wie ein Buch, welches von einem Tag zum anderen zu lesen man nicht imstande war. Reif, schmal und auch bitter, noch den verwehten Glanz guter Tage im Blick und das bessere Wissen um die Mundwinkel.

„Da bist du ja“, sagte Julia. Nein, sie sagte es nicht, als würde sie viele Jahre gewartet haben. Sie sagte es so, als wäre er des Morgens mit dem Saattuch hinausgegangen ins Land und würde nun heimgekehrt sein nach seinem Tagewerk. „Deine Mutter wartet schon lange auf dich, Martin. Also komm herein. Es ist noch Essen auf dem Herd.“

Er betrat das Haus und stand seiner Mutter gegenüber.

„Du dummer Bub“, sagte sie dann und tappte auf ihn zu. Und in diesen drei Worten lag alles, was eine Mutter sagen konnte. Er nahm sie in den Arm, und ein heiseres Schluchzen holperte heraus.

Julia verließ die Stube. Draußen hatte der Nachtmantel die Welt eingehüllt und umflimmerte sie mit Sternen. Hinter dem Alten Vater ahnte man den Mond als ein Licht in der Nacht. Bald würde er hochsteigen und das Land mit seinem Silber überglänzen. Sein ruhiges Licht allein konnte die Herzen ruhig machen und sie für eine Zeitlang bewahren vor den Stürmen des Lebens.

Martin blieb auf dem Heiligenhof und ging schweigend an Julia vorüber. Sie war die Herrin, er hingegen der Knecht. Sein Mund blieb geschlossen. Und Julia fragte nicht, worauf er nicht Antwort zu geben hatte.

Sie sah ihm zu, wenn er Mühe hatte, den Pflug am steilen Hangfeld in der Spur zu halten. Dann stieg der unverwechselbare Duft der frischen Erde empor, und die Luft war erfüllt vom Schilpen der Sperlinge, die sich in den dampfenden Furchen um Regenwürmer stritten.

Und dann stand er da, den Stahl durch die reife, goldene Saat gleiten zu lassen, die Ähren zu bündeln, das Korn zu dreschen und das Brot zum Mund zu führen, welches es nicht gegeben hätte, ohne den Segen der Erde, der Hände Arbeit und den Willen des Himmels mit all seinen Elementen.

Julia und Martin fanden zueinander, so wie der Wind über die blühenden Ähren streicht und sie fruchten läßt. Nichts Himmelsturmendes war es, geboren aus dem Drang unreifer Jugend. Ein Nehmen der Hände, welches nach dem Geben nicht mehr fragt, weil es ohne Bedeutung ist.

Viele Jahre später war es, als der Bauer seinem Sohn zeigte, wie man das Saattuch hält und das Korn richtig wirft, wie man bittet bei einem jeden Wurf um den Segen, ohne den nichts gedeiht. Da fand der dunkelhaarige Bub, den man Justus genannt hatte, am Ackerrain ein Figürl. Ein Sommerfrischler hatte es wohl weggeworfen, achtlos, weil ohne Wert. „Grüße aus Innsbruck“ war auf einer schmalen Metallfolie zu lesen, die unter den arg ramponierten Plastik-Heiland geklebt war.

„Schau einmal, Vater, was ich Schönes gefunden hab!“ rief Justus und sprang zu seinem Vater. Der nahm das Ding in die Hand und betrachtete es eine Weile. „Ich schenk es dir, Vater“, fuhr der Bub fort. „Gewiß hat es ein Künstler gemacht?“

„Vielleicht war es ein Künstler“, murmelte Martin, steckte die Vergangenheit ein und warf sie am Abend heimlich ins Herdfeuer.